講談社選書メチエ

647

物語論　基礎と応用

橋本陽介

MÉTIER

はじめに――「物語論」とは何を論じるのか

私たちは常に小説や漫画、映画、ドラマなどの物語に囲まれて生きている。小説も漫画も映画も見ないという人であっても、物語と無縁などということは、まずない。何らかの出来事を友達や恋人などに話すこともまた一種の物語だし、最近ではインターネット上に無数の物語がちりばめられている。ツイッターでつぶやいたり、他人のつぶやきを見たりするのも物語消費の一環だ。

物語はあらゆるところに遍在している。例えば、スポーツ中継を考えてみよう。二〇一六年の十月、パ・リーグのクライマックスシリーズにおいて、日本ハムファイターズの大谷翔平投手が日本記録となる球速一六五キロのボールを投げた。すると、アナウンサーが驚きの声を上げるとともに、チームメートでファーストを守る中田翔の苦笑いが映し出された。次のカットではセンターを守る陽岱鋼の笑う姿が映し出され、さらに対戦相手のソフトバンクホークスの四番打者、内川の呆然とする様子が映し出された。このカメラワークは、「大谷翔平の日本記録」をめぐる物語化をすでに行っている。同時刻の同会場には、たくさんの人が同時に存在していたが、あえてこれらの人物とその行動だけをつなげることによって、一つの構造体が出来上がっており、「大谷翔平がとてつもないボールを投げたこと」という物語を受け取るのである。

また、歴史叙述も物語とならざるを得ない。歴史的事実をそのままとらえることは不可能であり、それを整理し、順序立て、言葉で叙述していかなければならないからである。このように述べてくると、日常の出来事の報告や、スポーツ中継の一場面、歴史叙述などは小説や漫画とは異なり、事実を述べたものなのだから、物語とは呼べないのではないか、という疑問が出てくるだろう。私の考えでは小説や漫画は、フィクションであり、物語である。一方、日常の出来事の報告やニュース、歴史叙述などは、一応は事実であって虚構ではないが、同時に物語でもある。

人間の言語の大きな特徴は、目の前に存在しないことを語りうることだ。犬などの動物も、「座れ」「待て」などの語をその場において理解することは可能だが、「昨日の夜、私はおなかがすいてきたときにご主人様が帰ってきたので、食べ物を要求したら、まずいドッグフードが出てきた」のようにその場に結び付けられていないこと、時間的展開があることを語る手段は持っていない。動物もコミュニケーションを行えるが、物語を語れるのは人間だけである（と思われる）。

物語とは、人間にとって必要不可欠なものなのだ。

典型的な物語である小説や映画、漫画などを読むとき、私たちは普通、それを解釈したり鑑賞したりしている。学校の国語の授業では、小説文をどのように教わっただろうか。二〇一七年のセンター入試の問題を一つ挙げてみよう。

問＝「この微笑の底にはいつでも涙に変る或物が沢山隠れているような気がした」とあるが、それはどういうことか。その説明として最も適当なものを、次の①～⑤のうちから一つ選べ。

答＝思わずもらした微笑は、子供が運動会を見つめる姿に反応したものだが、そこには純粋なものに心を動かされてひとりでにあふれ出す涙に通じるものがあると感じたということ。

この解答を見ると、学校教育で小説文を読ませるときに、常に何に注目させているかを知ることができる。小説文には登場人物がいて、その人物たちの行動がある。また、解答文には「純粋なものに心を動かされて」とあるように、気持ちが問われている点にも注目したい。小説では人間が描かれるので、出来事だけでなくその心情が描かれるのである。したがって、入試問題では、「何が起こっているのか」「その出来事が起きた理由」「登場人物の心情」などが主に問われる。

国語の授業でも、まず「何が起こっているのか」「登場人物の心情」を読み解くことが行われる。そこからさらに進むと、その小説の解釈や鑑賞になる。定番教材である芥川龍之介の『羅生門』を例にすれば、下人が死体の髪を抜いている老婆に出会い、その着物をはぎ取るところで終わるが、「この選択をみなさんはどう思いますか?」などと問う。また読者自身が、その小説を読んでどう感じるか、ハッピーな気持ちになったとか、憂鬱な気持ちになった、などということが話しあわれる。

そこからさらに発展して、芥川龍之介という作家の人生や考え方、小説が書かれた時代背景などが解説されたりする。このような小説の読み解きは、誰でもやってきているはずだ。

さて、それではここで、質問を逆転させてみよう。いったいなぜ、国語の入試問題では「何が起こったのか」とか、「登場人物の心情」ばかり問われたのだろうか。またある小説を読んで、クラスの九割がいたたまれない気持ちになったという感想を抱いたとするなら、なぜその感想をみんなが抱いたのだろうか。こういうことは、学校の授業ではあまり訊かれることがない。

私は音楽について何も知らないが、悲しい曲を聴くと「悲しいなあ」と感じる。この段階は、小説でいえば読解をしている段階に相当する。では、「悲しいなあ」と感じるのはなぜだろうか。どのような曲調だったら、人は悲しいと思うのだろうか。きっと、パターンがあるはずである。

音楽は何も知らずにただ聴くだけでも楽しめる。しかし、私たちはその音楽には、楽譜があることを知っている。三拍子や四拍子などがあるのも知っているし、AメロBメロ、サビなどがあることも知っている。もっと詳しい人なら、どうすれば悲しい曲調になって、どうすれば明るい曲調になるのかも知っているだろう。音楽について詳しく知ろうとするならば、ただ聴くだけでなく、楽譜がどう書かれているのか知る必要があるだろう。建築物も、ただ見たり住んだりするだけでなく、図面がどうなっているのか知ったほうが、理解が深まるはずである。

私たちが普段接しているさまざまな物語も、もちろん設計図がある。書き方はある程度決まっているのだ。エンターテインメント作品なら、読者や観客をドキドキさせ、引き付けなければならない。では、どのような展開になっていると、私たちはドキドキし、おもしろいと感じるのだろうか。

このような、「物語とは何なのか」「物語とはどのように出来上がっているのか」など、物語の背後にある設計図を論じてきた理論が、本書で扱う物語論（ナラトロジー）である。

小説や漫画、アニメなどを享受する人の数は多い。無意識的に「物語はこういうもの」というのは知っているし、「おもしろい」とか、「つまらない」といった判断もできる。しかし、これらの物語がどのようにして出来上がっているのかは、意外に知られていない。楽譜や図面にあたる「物語の設計図」はどうなっているのだろうか。

本書は、物語がどのように出来上がっているのかについて、理論の紹介と具体的な作品分析を通じて明らかにすることを目標とする。どのように出来上がっているのかがわかれば、より詳しく物語を楽しむことができるようになる。また、創作に興味がある人にも、本書の内容は有用であろう。楽譜の読み方・書き方を知っているほうが、音楽が作りやすいのと同じである。

第一部「基礎編」では、物語論の基本となる構造主義の物語論の議論を概観し、物語の性質を明らかにしていく。この第一部を読めば、今までなんとなく見てきた小説や映画、漫画、アニメなど典型的な物語がどのようにして出来上がっているのかを理解することができるだろう。

つづく第二部「応用編」では、第一部で見た理論を通して、具体的な小説や漫画、映画などがどのようになっているのかを分析する。第一部を読んでいなくても楽しめるようにしているので、こちらから先に読んでも、物語がどのように出来上がっているのかがわかるようにしている。

また、取り上げた作品は、よく知られたエンターテインメント作品から、海外の小説まで多岐にわたっている。「知らない作品の分析をされてもおもしろくないよ！」と思う読者も多いだろう。そこで本書では、あくまでもその作品を「読んでいない」ことを前提として、その魅力ができるだけ伝わるようにと思って書いている。物語がどう出来上がっているのかを知ってもらうと同時に、「まだ読んだり見たりしたことのない作品」への出会いを広げてもらいたいと考えているからだ。つまり、第二部は読書案内にもなっている。気になる作品があったら、書店や図書館、レンタルショップなどで探してほしい。

本文中に引用した作品の出典等は、巻末の「引用文献」にまとめた。

なお、引用にあたっては、読みやすさを考慮して、旧かな遣いを新かな遣いに改めたものもある。

物語論　基礎と応用◉目次

第Ⅰ部

理論編

第一章　「物語」の形態学

『めぞん一刻』は「よくある話」

　ハリウッド映画や漫画、ドラマなどを見ていて、「よくある話だな」と思ったことはないだろうか。物語をよくよく観察してみると、一定の法則が存在することに気づく。例えば、よくある恋愛物では、主人公はさえない男（あるいは女）である。そこに恋愛対象となる異性が現れるが、出会い方は最悪だったり最初は相手にされなかったりする。続いてなんらかの困難が二人を待ち受ける。この困難（イベント）をクリアーすることによって、二人の距離が縮まる。またこの際、主人公を助けてくれる友人や、ライバルなどもしばしば登場する。主人公に片思いするキャラクターが出てくるのも常道である。

　高橋留美子の漫画『めぞん一刻』では、浪人生の五代裕作が、アパート「一刻館」に入る。そこに、管理人として美しい未亡人・音無響子がやってくる。この漫画の大きなストーリーは、五代が彼女への恋を成就させるものである。しかし、すぐに成就してはおもしろくない。響子は、一年前に亡くした夫のことが忘れられないという設定が与えられており、その心を開くのは困難である。日常のさまざまな出来事をクリアーすることによって、五代は彼女との距離を縮めていくことになる。五代の友達がその協力者として配置されているほか、妨害する存在として、「一刻館」の別の住人が登場するし、女性にもてるテニスコーチがライバルとして出てくる。さらには、五代を好きになる女の子も登場するなど、極めて典型的なラブコメの構図になっている。

スポーツを扱った物語であれば、一般に主人公は何らかのハンデを背負っている。そして何らかの試練を乗り越えることによって成長し、ライバルを倒していくのが常道である。探偵物語ならば、まず物語の比較的早い段階で殺人事件が発生する。主人公は、複数いる容疑者の中から犯人を見つけ出すことになるが、もちろん容易にはいかない。

時代劇ならば、まず何らかの事件が発生するが、それは往々にして庶民が悪い代官などにひどい目にあわされているものである。主人公はその悪事を少しずつ暴き出し、最後にその悪代官のところに乗り込む。一通り暴れた後（殺陣）、事件は一件落着となる。少年漫画によくみられるような、戦いを中心とする物語では、主人公の前にまず敵が現れるが、すぐに倒すことはできない。するとそこで主人公を助ける存在が現れ、主人公に試練を与える。主人公はその試練を克服することによって強くなり、敵を倒していくことになる。

このように抽象化して考えてみると、ジャンルごとに決まったパターン、設計図のようなものが見て取れるだろう。さらに抽象化して考えれば、恋愛物語にしても、探偵物語にしても、戦闘物語にしても、まず何らかの変化が起こり、主人公に解決すべき困難が与えられる。すぐにそれが解決できるわけではなく、協力者の協力や、何かを克服することによって成長し、目的を達成する形を取るものが非常に多いことがわかる。

あらゆる魔法昔話は同じ型

こうした物語のパターンについて、最初に分析したのが、ロシア人のウラジーミル・プロップの『昔話の形態学』（一九二八年）であった。ロシアでは一九一〇年代半ばから三〇年代にかけてフォルマリズムと呼ばれる文学研究の運動が行われており、この著作もその流れと連動する形で生まれたものである。フォルマとは「形」の意味であり、フォルマリズムでは文学の「内容」ではなく、「形式」の研究が行われた。

『昔話の形態学』はそのタイトルの通り、昔話の「形」の研究である。物語全般にわたるものではないし、ロシアの魔法昔話という、極めて限定された範囲の研究であったが、後の物語研究の先駆けとなった。というのも、プロップは多数ある魔法昔話を分析した結果として、「あらゆる魔法昔話が、その構造の点では単一の類型に属する」と結論づけたからである。「単一の類型に属する」とはつまり、すべて同じ設計図に基づいて作られていると考えたのである。単に似た物語であるというのではない。「単一の類型に属する」とは、極言すれば、ロシアの魔法物語は一つしかないと言っているようなものである。いや、それはおかしい。実際にはさまざまな物語があるし、それを読んだり聞いたりする人は、別の物語だと思っているはずだ。いったいどういうことなのだろうか。

プロップの「三一の機能」

プロップは、魔法昔話に現れる要素を定項と不定項に分けて分析した。不定項とは物語によって異なる要素のことであり、定項とは変わらない部分のことである。物語によって変わる不定項には、登場人物の名前や属性がある。つまり、主人公がどういう人物か、といったキャラクター設定である。一方、常に変わらない定項とは何だろうか。それは**人物の行為**である。つまり、あらゆる魔法昔話で、主人公たちは常に同じ行為を行うという。

これもにわかには賛同しがたい。いくらなんでも人物の行動がまったく同じなわけはないように思う。しかし、ここでいう人物の行為とは、ただの行動ではなく、**物語の筋の展開に直接影響を及ぼす人物の行為**のことだ。つまりプロップの理論によると、物語は人物の行為によって筋が展開され、しかもその筋に関係する行為はどの物語でも同じだというのである。そしてこの物語の筋に関わる人物の行為を**機能**と呼んだ。ではどのような機能があるのだろうか。まず最初の三つを見てみよう。

機能＝物語の筋の展開に直接影響を及ぼす人物の行為

機能① 家族の成員のひとりが家を留守にする（定義は「留守」）
機能② 主人公に禁を課す（「禁止」）
機能③ 禁が破られる（「違反」）

つまり、ロシアの魔法昔話ではまず家族の誰か（ほとんどの場合は両親）がいなくなり、主人公が取り残される。家を離れる代わりに両親が死んでしまう形をとる場合もある。これが機能①である。

続いて、機能②で主人公は、何らかの禁止事項を言い渡される。これはわかりやすいだろう。日本の昔話を考えても、『鶴の恩返し』では「絶対に部屋の中を覗いてはならない」という禁止が言い渡されるし、『古事記』の最初のほうで黄泉の国にイザナミを追いかけていったイザナギは「絶対に私の姿を見てはいけない」という禁止事項を言い渡される。そのほか、「決して扉を開いてはならない」と母親に言われたり、「後ろを振り返ってはいけない」と言われたりする話など、類例は枚挙にいとまがない。

だが、禁止されたことは必ず破られる。それが次の機能③「違反」である。「部屋の中を覗くな」と言われたからと、おじいさんおばあさんがいつまでも中を覗かなければ、それ以上話が展開しなくなってしまう。玉手箱を開けなかったら、浦島太郎の結末をどうしたらよいのか、見当もつかない。禁止されたことが破られるのは必然的なのである。浦島太郎で禁止が言い渡されるのは結末の部分だが、ロシアの魔法昔話では家族が留守にするということが起こった後に必ず何かが禁止され、なおかつそれが必ず破られる。

「機能＝必ず起こる行為」なので、各機能には「留守」「禁止」「違反」などと、行為を表す名詞で定義が付される。

プロップはロシアの魔法昔話について、三一の機能を発見した。以下、その連鎖を見てみよう。

機能④　敵対者が探り出そうとする（「探り出し」）
機能⑤　犠牲者に関する情報が敵対者に伝わる（「情報漏洩」）
機能⑥　敵対者は、犠牲となる者を騙そうとする（「謀略」）

…

機能⑧　敵対者が、家族の成員のひとりに害を加える（「加害」）

…

③で禁止事項が破られると、次に敵が現れて情報を探りに来（機能④）、情報が漏れる（機能⑤）。次に敵は主人公側の誰かを騙そうとし（機能⑥）、続いて何らかの害を主人公の家族に与える（機能⑧）。機能⑧の典型例は、主人公の家族が誘拐されたり、大切なものが盗まれたりすることなどである。ここまでで、主人公には危機が訪れているわけだが、これを何とか解決しなければならない。少し先では、次のような機能が来る。

機能⑫　主人公が贈与者に試されたり、攻撃されたりする。そのことによって主人公が呪具なり助手なりを手に入れる下準備がなされる（「贈与者の第一機能」）

…

機能⑭　呪具（あるいは助手）が主人公の手に入る（「呪具の贈与・獲得」）

機能⑫では「贈与者」、つまり魔法使いなど、主人公に力を与える者が現れ、主人公に試練を課す。その試練を克服することによって主人公は力を得、敵対者に勝利する。だが、それで物語は終結せず、さらなる難題が降りかかってくることになる。もちろん主人公はその難題も解決し、敵対者を完全に負かす。最終的に主人公は王として即位するか、結婚を果たすことによって物語が終結する。

プロップは、単に三一個の機能を挙げただけではない。「単一の類型に属する」と言ったくらいなので、この三一の機能は、必ずその番号順に発生する。『浦島太郎』のように、結末部分で禁止が破られる話が来るのではなく、それは序盤に起きると厳密に決まっている。そして、この順番通りに発生する三一の機能（人物の行為）こそが核となる設計図として提示されているのである。

とはいえ、すべての物語が三一の機能すべてを持っているわけではない。省略されることもあるが、その場合でも⑤→⑦→⑧→⑨（⑥を飛ばした場合）というようになるだけで、順番が入れかわることはない。また、ある機能の直後に次の機能が来るとも限らない。例えば機能⑥で敵対者が騙そうとした後、機能⑧で家族に害を加えるに至るまでの間に、別の行動がとられることもある。そのほか、敵となる人物のキャラクターや、与えられる試練や魔法なども変わりうる。このように変わりうる要素が、物語のバリエーションになるのである。

人物は行為に従属する

このように、プロップでは物語の筋を展開させる機能が最も重要視されている。機能とは人物の行為のことだから、「（人物が）何をするか」が物語を決定していると考えられる。ではその行為を行う人物はどのように分析されているだろうか。

プロップの理論において人物は機能に従属する存在である。つまり、キャラクター性やその心理などはあまり重要なものではなく、**何をするかという役割のほうが大切なのである。**そこでプロップは人物のことを「敵対者」とか「贈与者（主人公に力を与えるもの）」などと、その役割で呼ぶ。登場人物たちはもちろん互いに関係しあう。それらは「共通の**行動領域**への参与」と分析されている。つまり、その人物と人物がお互いに**何をしあうか**ということである。例えば「敵対者の行動領域」では、「敵対者」と「主人公」が互いに関係しあってさまざまな行為が行われることによって物語が進む。

近代小説では人物が「個人」として描かれるようになり、その心理も重点的に描かれることが多くなった。言い換えれば、人物を一つの存在として描くようになったのである。しかし、昔話のように比較的単純な物語では、まだその個性は豊かではなかったので、物語を展開させる行為が特に注目されることになったのである。

プロップが分析した対象は限られていたが、その論は、現在の物語にもある程度通用する。特にエンターテインメント系の物語では、先に述べたように抽象化して考えると、かなりの部分で共通の構造が見て取れるし、しかもそれはプロップの提示した機能に似ている。現在の物語は昔話に比べれば複雑なので、バリエーションはもう少し豊かになってはいるが、パターンがあるのは確かなのである。

登場人物も、恋愛物語における「主人公、恋愛対象、救助者、ライバル」、探偵物語における「探偵、被害者、疑わしい人物、真犯人」といったように、役割が先に割り振られていることが多い。とすれば、人物をその行為（役割）に従属させ、共通の行動領域から分析することは、依然として有効であることがわかる。

花と花束の関係

なお、プロップの著書の書名に取られている「形態学」であるが、プロップ本人は「形態学」という書名はゲーテから取ったとしている（「魔法昔話の構造的研究と歴史的研究」『魔法昔話の研究』齋藤君子訳、講談社学術文庫）。二十世紀前半には生物学（特に発生学）が流行しており、その影響を受けたものでもあるだろう。生物学で形を分析するには、生物を解剖してバラバラにして、その一つ一つの部分を調べることになる。同様に、プロップは物語の各部分をバラバラにして一つずつ調べたと言えるが、単にバラバラにしただけでなく、有機的にとらえている。

有機的にとらえるとはつまり、各部分が行っている仕事をそれぞれ分析しながらも、しかも全体として一つに把握するということである。物語はあくまでも全体としてとらえられるけれども、その全体の中で各部分部分が何らかの機能（役割）を果たしているのを分析しているのである。部分と全体の関係については後にバルトが、「花と花束の関係」という比喩を使っている。花束は一つ一つの花からできあがっているが、その構成要素である花を一つ一つすべて記述しただけでは、花束全体を記述したことにはならない。花束全体は、花一つ一つを見た場合とは印象が異なるからである。物語の形態を分析するには、各部分を分析しつつ、しかも全体を考えなければならない。

プロップの分析は、大塚英志の創作論でたびたび引用されており、物語論の研究の中でもよく読まれている。また、その分析をそのまま特定の物語に当てはめた研究もしばしばみられる。ただしその分析対象はあくまでロシアの魔法昔話に限定されているため、素朴である。大塚の創作論も、プロップの理論を使っているというより、着想を得たと言ったほうが適切で、実際のところはもっと踏み込んでいる。
また、分析や創作に応用できるとはいえ、理論とは文学や物語をどのようなものと考えるかという一種の思想なのであって、その部分を骨抜きにしてはならない。物語が構成要素に分けうること、その組み合わせ方にはパターンがあることを発見したことがプロップの重要な功績なのである。

ブレモンの可能性の論理

ロシアの政治的な状況もあって、プロップの研究は長い間忘れられていたが、一九五八年の英語訳を経て、一九六〇年代の中盤にフランスで再注目を浴びることになった。その研究を発展させたものとして、次にクロード・ブレモンとロラン・バルトの理論を見る。

プロップでは、あらかじめ設定された三一の機能が一つずつ順番に実現していくとされ、物語の筋はあらかじめ決定されていた。しかしそれはあくまでも限られた題材を研究対象としているからであった。多様な物語を視野に入れれば、最初から筋がすべて決定されているとは言えない。

ブレモンは、物語の筋を先に進める行動（プロップの機能にあたるもの）を、1、行動が起こる前　2、行動が進行中　3、行動が終結　という三段階にわけて考えた。例えばオフィスに主人公がいるとする。そこに電話が鳴ったとする。これが第一段階の「行動が起こる前」の段階である。ここで、①電話を取る　②電話を無視する　の少なくとも二つの選択肢が生まれるだろう。つまり「行動が起こる前」とは、次の行動に移る可能性が発生することである。

このように行動の可能性が開かれると、そのさまざまある可能性の中から、一つが選ばれることになり、矛盾する選択肢は切り捨てられる。もし①電話を取る　を選択したとすれば、もう一つありえた選択肢②電話を無視する　は消える。すると第二段階の「行動が進行中」になる。ここで「電話に出る」を選択した場合、その電話の主が誰であるか①わかる　②わからない、という可能性があるだろうし、①わかる　であれば、それが誰かという可能性が生じる。さらに、その電話の主が何を告げるかという選択肢も多数生まれる。

ブレモンは物語の展開を「可能性の論理」と考えた。何か新しい状況が発生すると、論理的にいくつかの選択肢が生まれ、そのさまざまな可能性の中から一つが実現し、するとまた論理的にありうる新たな選択肢が出現する。単に実現した行為だけでなく、**実現する可能性のあった行為**についても考えたのである。このように考えると、物語の筋はプロップのように予め決定されたものではなく、次への展開可能性が複雑に絡まったものとなる。

もちろん、物語の約束事として、箱を渡されればそれが重要な役割を果たすし、銃が渡されればそれは放たれる。このような物語の論理を露出させている例を村上春樹の小説『１Ｑ８４』から見よう。

主人公の一人、青豆に銃の手配を頼まれた男（タマル）は次のように発言する。

「チェーホフがこう言っている……物語の中に拳銃が出てきたら、それは発射されなくてはならない、と」

（村上春樹『１Ｑ８４』BOOK2）

ここでは、ピストルが購入されれば、それは使われるものだ、という暗黙のルールをわざと明示している。この発言によって読者は、手配した銃が実際に使用されるのか、それとも使用されないで終わるのか、を気にしながら読むことになる。あえて言及することによって、使用されない可能性も開いているのである。

バルトの『物語の構造分析序説』

一九六〇年代のフランスは、構造主義が隆盛したころであった。プロップやロシアのフォルマリズムが再評価されたのは、それらの研究が構造主義を先取りしたものだったからでもある。プロップによって先鞭をつけられた物語構造に関する分析は、一九六六年に雑誌『コミュニカシオン』に発表されたロラン・バルトの論文『物語の構造分析序説』でさらに高められることになった。なお、「序説」とあるため、「本論」があるような気がしてしまうが、それは存在しない。当該の雑誌『コミュニカシオン』全体が物語の構造分析特集であったため、その全体の「序説」という意味である。

『物語の構造分析序説』においてバルトは、物語を「機能」と「指標」という単位から分析した。「機能」とはプロップと同様、物語の筋を展開させる出来事である。ただしプロップにおいては人物の行動のみであったが、バルトの「機能」では人物の行動とは限らない。「電話が鳴る」は人物の行為ではないが、物語の筋を展開させる。

「電話が鳴る」ことによって、電話を取るか取らないかの二択が提示されるが、バルトはこのように、二択をせまることによって物語の筋を展開させるような機能を**枢軸機能体（または核）**と呼んだ。また、筋の展開に関係する機能であっても、より副次的なものを**触媒**と呼んだ。次の例を見る。

電話が鳴った。ボンドは机のほうへ進み、煙草を下に置いた。**ボンドは受話器を取り上げた。**

「電話が鳴る」と、そこにいる登場人物はその電話を取るか取らないかの選択をせまられるので、これにつながる枢軸機能体は「ボンドは受話器を取り上げた」である。しかし、電話を取りに行く間に、別の行動を取ることも不可能ではない。銃を一発放つことだって、論理的にはありうる。ここでは常識的な行為「机のほうへ進み、煙草を下に置いた。」が中間におかれているが、これが触媒である。すなわち触媒とは、ある枢軸機能体と関連する行為や出来事のことである。

枢軸機能体と触媒の違いは、それを削除することを考えてみればわかりやすい。枢軸機能体は、削除、あるいは変更すると物語自体が変わってしまうが、触媒を削除・変更しても筋そのものには影響を与えない。ここでは、「ボンドは机のほうへ進み、煙草を下に置いた。」という文を省略してしまったとしても、物語展開自体は基本的に変わらない。

ここでひねくれた人なら、「いや、煙草が引火する可能性だって開かれるじゃないか」というかもしれない。もちろん、その可能性はある。ここでは「煙草を下に置いた」は触媒であるが、これが原因となって後に火事が発生するとするならば、「煙草の放置⇒火事」が枢軸機能体として機能することになる。

バルトの「機能」は、プロップやブレモンの論をやや精密にしたものと言える。さらにバルトは、

「指標」という単位を導入した。「指標」とは物語の筋の展開には関係しないが、人物のキャラクター性や雰囲気など、その他の状況を伝えるもののことである。『1Q84』から例を取る。

タマルが玄関で青豆を迎えた。暗い色合いの夏物のスーツを着て、白いシャツに無地のネクタイをしめていた。そして汗ひとつかいていない。彼のような大柄な男が、どんな暑い日にも汗をかかないというのは、青豆には常に大きな不思議だった。
（村上春樹『1Q84』BOOK2）

最初の「タマルが玄関で青豆を迎えた。」は筋の展開に直接関係する枢軸機能体であるが、それ以外の部分は物語を先に進めるものではない。しかし、屈強な体のタマルが暗い色合いのスーツを着ているという描写から読者は、ある種の恐怖感を読み取ることになるし、「汗をかかない」という描写からは、不気味さを読み取ることもできる。このような単位が「指標」である。「機能」は時間的展開がある動的な単位であるが、「指標」は多くの場合で時間的展開のない静的な単位である。

バルトはこのように、物語を機能（動的）と指標（静的）の組み合わせとして分析した。物語によって、機能を重視するものと、指標を重視するものがある。昔話やエンターテインメントでは、物語展開のほうが重視されるのに対して、心理小説などでは、心の動きに焦点があてられる。とすれば、心理小説では、指標のほうが重要な意味を持っているということになる。

もちろん、物語を実際に観察してみると、枢軸機能体と指標は絡み合っていることがわかる。バルトは、ジェームズ・ボンドが「ウイスキーを飲む」という行為は、「待つ」という枢軸機能体になっているのと同時に、「現代性、くつろぎ」などという雰囲気も表しているという。

さらにバルトは、枢軸機能体のまとまりを**シークエンス**と呼んだ。「飲食」のシークエンスを考えてみると、「注文、受け取り、食事、代金の支払い」などから構成されていることがわかる。また、小さなシークエンスは組み合わさってより大きなシークエンスを形づくる。バルトは一九六四年の映画『００７ゴールドフィンガー』でジェームズ・ボンドが「依頼」を受ける場面を、図のように分析している。

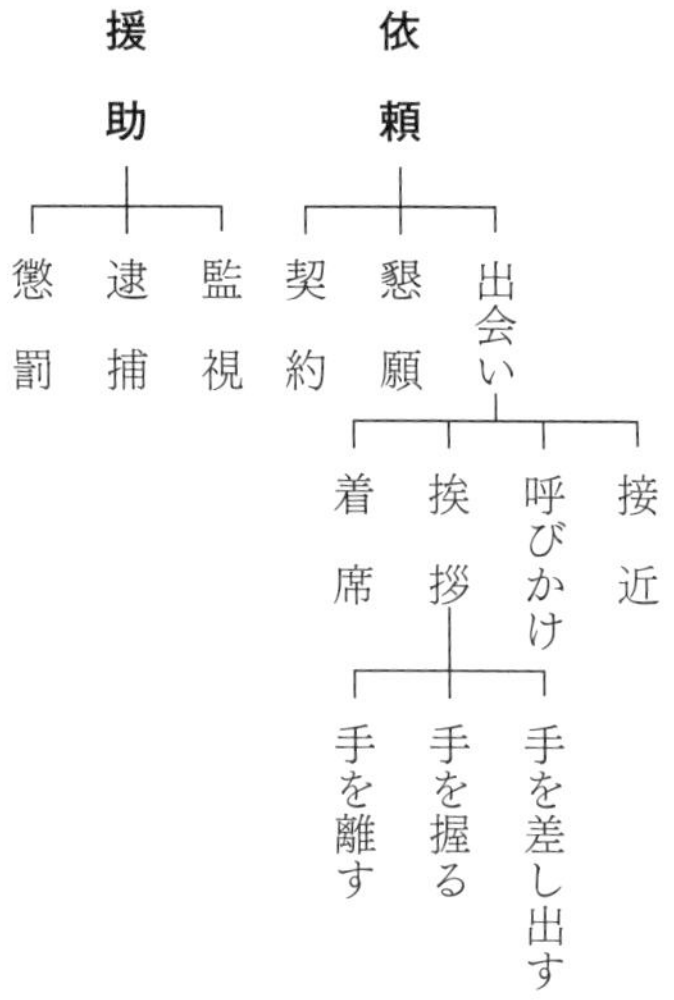

まず「出会い」のシークエンスでボンドは依頼者に会うが、そのシークエンスを細かく見ると、依頼者に「接近」し、「呼びかけ」、「挨拶」をし、「着席」をする。「挨拶」のシークエンスも、「手を差し出す」「手を握る」「手を離す」という一連の行為から成り立っている。ボンドが依頼者に会うと、依頼者が「懇願」をし、続いて「契約」に到るが、これらのシークエンスも細かい枢軸機能体から構成されている。バルトは物語の筋の構造を、こうしたシークエンスの集合体として分析したのである。

物語に時間はあるか

　プロップからバルトまで、主要な分析となったのは物語の展開の仕方であった。物語が展開するとは、時間が経過することでもある。後に見る通り、物語にとって時間的展開があることは本質的な要素である。したがって、「物語の時間」をどう分析するかは、物語分析の主要なテーマとなる。ここでプロップ、ブレモン、バルトの三者において、物語の時間がどのように考えられているのかをまとめてみよう。

　プロップにおいて、時間を展開させるのは機能であった。先に物語で「禁止」があると、それが必ず破られる（「違反」）としたが、物語の機能はその多くがペアになっている。「探り出し」に対しては「情報漏洩」、「戦い」に対して「勝利」が対応する。このようにプロップの機能論では、何らかの行為が行われることによって、次なる展開が論理的に導かれる。つまり、機能論における物語の時間とは、機能の論理的連鎖のことである。ブレモンの理論でも、論理的にありうる選択肢のうちの一つが実現することが時間とみなされている。

　バルトも、シークエンスについて、「互いに連帯性の関係によって結ばれた核の**論理的連続**である」としており、これを「物語の時間」であるとする。つまり物語においては論理的な選択の連続しかなく、**時間は実在しない**と考えるのである。

　ただしこれは、プロップからバルトまでの論が、物語の設計図レベルでの分析を行っているからだと考えられる。物語が論理的に構成されているというのが正しいとしても、読者はそこに時間の流れを読み取る。どのように時間の流れを形成するのかは、物語を作る上でも、それを読解する上でも非常に重要になってくる。

視点を持つ人物、語り手となる人物

通常、物語には登場人物がいる。プロップの人物は、その果たす役割が大切なのであり、行為に従属する存在であった。ブレモンも似たような分析を行ってはいるが、プロップよりは登場人物を重視している。というのも登場人物は**パースペクティヴ**を持つとされるからである。パースペクティヴ perspective は、per（〜を通して）、spect（見る）から出来上がっている語で、端的に言えばある人物からの物の見方のことを言う。「視点」と言い換えてもいい。主人公と敵対者が戦うとすれば、そこには主人公と敵対者という二つのパースペクティヴが論理的にありえるはずである。

パースペクティヴに加えて、ここまで紹介してきた理論では、「誰が語っているのか」、すなわち「語り手」の問題はほとんど考慮されていなかった。例えば、「シャーロック・ホームズ」シリーズの語り手は助手のワトスンであり、視点もワトスンからのものになっている。この場合、視点人物と語り手がワトスンで一致しているが、この両者が分断されるケースもある。誰の目線から語るのか、誰が語るのかの問題は、後にジュネットの理論などでも中心的な位置を占めることになる。

語り手の問題を物語分析に持ち込んだのは、やはりバルトの『物語の構造分析序説』である。バルトも、登場人物を「行為」、および行為圏への参与から分析することを支持しているが、同時に「**物語行為**（**語り**）」というレベルで登場人物を扱うことも提案した。つまり、物語は**必ず誰かが語っているると考えた**のである。昔話とは異なり、現在の小説などでは特定の人物が一人称で語るのか、それ

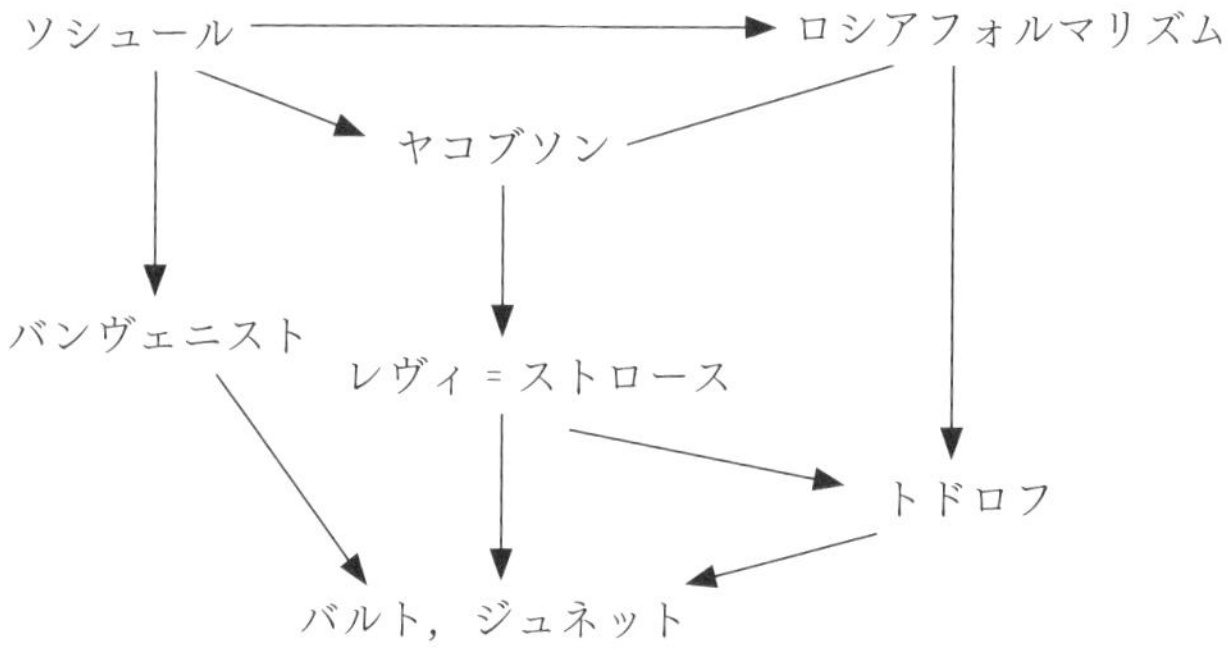

とも三人称で語るのか、などによって、印象が変わることになる。

以上、プロップからバルトに至るまでの初期の物語分析を紹介してきた。その中で、「物語の時間」「パースペクティヴ（視点）」「物語行為（語り）」「語り手」といった概念が分析の対象として導入された。この後の物語論では、これらの問題がより検討されることになる。

物語論の系譜

ここまで、本書全体のテーマである物語論の、初期の議論としてプロップ、ブレモン、バルトの理論を紹介してきた。ここで、物語論という研究分野が、どのような影響関係で出来上がったものなのか、その系譜を簡単にまとめておこう。欧米の理論は、欧米の思想や哲学を背景として持っているので、深く理解するためには、これらの背景的な知識を押さえることが近道である。

物語論の直接的な源泉は、大きく分ければ**ソシュールとその影響を受けたヤコブソン、バンヴェニストによる言語学の成果**

とロシアのフォルマリズムである。ソシュール言語学を受け継いだヤコブソンが、アメリカでレヴィ=ストロースに影響を与え、レヴィ=ストロースの研究がフランスの構造主義につながった。

一九六〇年代のフランスは、ソシュール、ヤコブソンの言語学から出発した構造主義が流行したが、そこに久しく忘れ去られていたロシアフォルマリズムの文学理論が持ち込まれることになった。フォルマリズムの理論もソシュールの影響を受けたものが多かったし、ヤコブソンはフォルマリズムとも関係を持っていたため、構造主義の考え方とそもそも相性がよかったのである。

そのロシアフォルマリズムをフランスに紹介したのが、トドロフによる翻訳集『文学の理論』である。一九六五年に出版されたこの翻訳集が、フランスの文学界に大きな影響を及ぼした。物語論の雛形はほとんどこの『文学の理論』に出ており、初期の物語論研究は、この翻訳集の論文を基礎としていると考えていいように思われる。

翌、一九六六年、雑誌『コミュニカシオン』(第八号)はタイトルを「記号学研究　物語の構造分析」とし、丸ごと一冊物語の構造分析に関する論文を掲載した。すでに述べた通り、バルトの『物語の構造分析序説』は、この雑誌に載せられた構造分析に関する多数の論文の「序説」であり、ブレモンの論文もこの雑誌に掲載されている。この二人の他、グレマス、エーコ、トドロフ、ジュネットなど、後にこの分野で名を残すことになる研究者の論文が載せられており、フランスにおける物語の構造分析はこの号に始まるといっても過言ではないだろう。

この段階では、まだ「物語論(ナラトロジー)」という用語は存在しておらず、単に「物語の構造分析」と呼ばれていた。この分野を「物語論」と名付けたのはトドロフで、一九六九年のことである。

そして、構造主義物語論の決定版とも言えるのがジェラール・ジュネットの『物語のディスクール』（一九七二年）である。『物語のディスクール』は、ジュネットの一連の詩学的著作『フィギュール』第三巻の大半を占める論文で、プルーストの『失われた時を求めて』を批評しつつ、物語の構造分析を行った。日本では八〇年代以降に物語の構造分析の方法が持ち込まれることになるが、そのほとんどはこの『物語のディスクール』の理論に基づいたものである。

「物語論」、および「物語」という用語について

本書のテーマである「物語論（ナラトロジー）」という用語は、トドロフがつけたものだが、なぜこのような名称をつけることになったのだろうか。そもそもここまで、「物語」という語を何の定義もせずに使っているが、「物語論」の「物語」とはどのようなものと考えられたのだろうか。

トドロフが翻訳したフォルマリズムの論文集『文学の理論』に、エイヘンバウムの『《形式的方法》の理論』という論文が掲載されている。エイヘンバウムはこの中で、**文学研究の「科学」**を目指す考え方を示している。つまり、フォルマリズム以前の文学は科学的ではなかった、これからは文学研究も科学にしようというのである。

では、文学の研究を科学にするとはどういうことだろうか。エイヘンバウムはヤコブソンの次のような言葉を引いて説明する。

文学研究の学問の目的は、文学ではなくてその《文学性》、すなわちある与えられた作品を文

学作品たらしめているところのもの、である。（引用者訳）

つまり、ある特定の文学をあれこれと研究するのではない。人々が「文学」とみなすものは、なぜ「文学」となっているのだろうか。その背後にはどのような法則・メカニズムが隠されているのかを研究しようというのである。プロップの理論などは、まさしくこの理念に合致していると言っていい。

「物語論（ナラトロジー）」という用語はトドロフが一九六九年に出版した著書『デカメロンの文法』に初めて登場する。その説明は、以下のようになっている。

ここで提案する学問の対象は、語り（narration）である。……従ってこの著作は、文学の研究というよりも、まだ存在していない科学を打ち立てようというものである。それを「物語論（ナラトロジー）」と呼ぼう。物語 récit の科学である。（引用者訳）

logy という接尾語が「～についての学問」という意味を持つことからもわかるように、構造主義の物語論は、フォルマリズムの考えを引き継いで「文学の科学」を目指した。トドロフは、個々の植物をみるだけでは植物学になることはできず、植物に共通する法則性を見出さなければならないとする。同様に個々の作品を見るだけでは「文学の科学」にはなり得ない。その背後にある法則性を研究するのが物語論（ナラトロジー）だというのである。

そして、その物語論とは、語る行為(narration)によって生まれる「物語 récit」の科学とされている。物語論で言うところの「物語」とは、フランス語の récit、もしくは英語の narrative の訳語である。ではその定義は何か。

理論家の間で必ずしも一致しているわけではないが、概ね以下のようにまとめることができる。

時間的な展開がある出来事を言葉で語ったもの

「時間的展開がある」とは、プロップでは人物が何らかの行為を行うことであった。しかし、「電話が鳴る」といった出来事の発生も、物語の時間を先に進めるから、「時間的展開がある」とは「状況が変化すること」とも言える。したがって、最小の物語は次のようなものとされる。

王が死んだ。

「王が死んだ。」では、とある王が生きている状態から死んでいる状態へ変化している。つまり時間の展開がある出来事が語られている。ゆえに物語の定義に合致している。一方で、「原子は電子から構成されている」、「メアリーは背が高く、ピーターは背が低い」という文は、世界において常に通用する事実を述べているだけであり、具体的な場面で一度だけ起こった出来事ではない。よって物語ではないとされる。「物語」のもう一つの要素は、「語る」行為である。ただし、演劇、映画、漫画などは小説とは異なるようだが、語られているとみなすので、物語に含まれる。

フランス語、英語、日本語の「物語」

なお、物語の専門用語は元々フランスから発信されたものであるが、それが英訳された。また、英米でも独立に物語の理論的な研究は行われた。このため日本では、フランス語からの翻訳と英語からの翻訳で用語の混乱がしばしば見られるので、注意する必要がある。物語論の「物語」は、英語で言えばnarrative、フランス語ではrécitであるが、フランス語のhistoireが「物語」と訳されていることがある。これはジュネットなどでは別の概念である。

さらにhistoireが英語でnarrationと訳されている場合もあるが、フランス語のnarrationも英語でnarrationになってしまう。フランス語のnarrationの日本語訳は「物語行為」と訳されていることが多いのに、英語のnarrationからの翻訳は「語り」と訳されていることが多い。さらに言語学や日本文学ではnarrativeに相当する概念が「語りのテクスト」と呼ばれることがあるが、おそらく厳密に用語を考えているわけではない。また、日本文学でジュネットの理論などを応用したものを「語り論」と呼ぶこともある。しかし、narration「語り／物語行為」とnarrative（物語）は別の概念なので、論文などに使うならば厳密に理解することが必要だろう。

最後に日本語本来の「物語」という語についても簡単に述べておく。その語源的な解釈としては「物事についての語り」との解釈がある一方で、「もののけが語ったもの」という呪術的な観点から解釈されることがある。言語学的に考えれば、「もの」の語源を「もののけ」から考えるのは妥当ではないように思われる。何かよくわからない漠然としたものを「もの」と呼ぶために、正体不明の妖怪のようなものを「もの」と呼んでいるのだと考えられる。とすれば、物事について語ったものが、「物語」という日本語の本来の意味だと考えるのが妥当だろう。いずれにしても、日本の『源氏物語』などの古い物語も、時間的な展開を持つ出来事を語るという点では、物語論が定義するところの「物語」と一致する。ただ、語感として昔話や虚構の話というイメージが強いように思われる。その点、ナラトロジーを「物語論」と訳すことは、誤解を生じる危険性がある。

ちなみに、「物語論」は同じ漢字圏の中国語では「叙述学」、もしくは「叙事学」と訳されている。こちらは何かの出来事を語ることに重点をおいた訳語だが、「物語論」より妥当な訳かもしれない。

本章では、主に物語構造、なかでも展開の仕方を中心に、プロップからバルトまでの理論を概観した。以降の物語論では、物語の時間の問題や、語り方の問題、それから視点の取り方などが主な議論の対象となった。次章からは、ジュネットの『物語のディスクール』を中心に、理論を紹介していく。

第二章　物語に流れる「時間」

「内容」より「形式」を重視する

　前章で見てきたように、物語論では物語の背後にある法則性、設計図が分析されることとなった。設計図とは、言い方を変えれば物語の形式である。物語の見方として、「何が書かれているのか」という内容を重視する方法もあるが、「どのように書かれているのか」という形式を重視する立場も考えられる。物語論は後者の「どのように書かれているのか」に注目したのである。

　物語論に先立つロシアのフォルマリズムでは、内容と形式を、ファーブラ（話）とシュジェート（筋立て）と区別した。ファーブラとは、「何が書かれているのか」、つまり内容に相当する。一方で、それを「どのように書くのか」（どのような筋立てで書くのか）のレベルがシュジェートである。シュジェートとは、語源的にはフランス語の sujet（英語の subject に相当）から来ている。このため、「主題」の意味もあるが、ロシア語では「事件の集合」というのがその中心の意味である。出来事を全体として考えれば「主題」となり、主題を構成する要素の連結をみれば「筋」の意味になるのだろう。

　同じ内容（ファーブラ）であっても、異なる筋（シュジェート）を用いて書けば、その物語から受ける印象は変わる。例えば漱石の『こころ』では、「私」が「先生」と会うところから語り始めて、後半で「先生」が過去の過ちについて告白するという筋立てである。時系列通りに書くのならば、先生の過ちが先で、それから「私」に会うのだから、その順番で書くこともできるはずだが、漱石はそうしていない。これが「筋立て」である。

物語論でも、「内容」と「形式」を分割して考えた。この対立をフランス語ではhistoire（イストワール、**物語内容**）とdiscours（ディスクール、**物語言説**）と表した。英米の理論ではこれをストーリー（内容）とディスコース（形式）と呼び分けるのが一般的である。その上で、同じ内容（物語内容、ストーリー）を異なった形式（物語言説、ディスコース）で表すことができると仮定するのである。そしてそのさまざまな形式（語り方）を研究することとなった。

したがって、物語論は形式のほうを内容よりも重視する。このため、「形式主義に陥っている」と批判されることもある。ただ、物語の内容と形式は例えるならば料理の素材と調理法である。いくらおいしい素材（内容）があったとしても調理法（形式）がなっていなければおいしい料理にできないかもしれない。調理法を知っていれば、ひどい食材でもそれなりの料理に仕立てられるだろう。もちろん、おいしい素材をいい調理法で料理するのがもっともいい。どちらも重要なのである。（形式と内容を分割できないとする考えもあるが、本書ではそこまで立ち入らない）

「形式」「内容」と「物語行為」

この「形式」「内容」に加えて、「物語行為（語り）」のランクを追加したのが、ジュネットの『物語のディスクール』である。では物語行為（語り）とは何だろうか。

これを知るには、ジュネットが影響を受けたフランスの言語学者、エミール・バンヴェニストの言語学を知る必要がある。伝統的な言語学では、主に文の「形式」と「内容」が対象とされていた。バンヴェニストはそこに**その文を発話する発話者と、その聞き手**という二つを分析に入れ込んだ。現実に言葉を使うということになると、私たちは、具体的なある時点において、どこかの場所で、誰かに向かって話をする。バンヴェニストの言語学ではこのように、言語を**話し手と聞き手の間のコミュニケーション**としてとらえた。このモデルでは、文の「形式」「内容」に加えて「それを話す人」が分析に加えられることになる。

ジュネットはこれを踏まえ、「形式」（ジュネット理論の翻訳では「物語言説」）と「内容」（同じく「物語内容」）に加え、「物語行為 narration」（語り）の概念を導入した（厳密に言えば、バルトの分析にもその萌芽が見られる）。言語は誰かが発話しなくてはその文が出現しない。同様に、「語り手」が語るという行為を行わなければ、物語は生まれないと考えたのである。

「語り手」が「語る」という行為を行うことによって物語言説が生まれる。その物語言説はある物語内容を表している。同じような物語内容であっても、さまざまな物語言説を用いて語り手は語ることができる。その語り方を記述、分類するのがジュネットの『物語のディスクール』である。

その理論において中心となったのは、「物語の時間」「誰が見るのか（視点はどこにあるのか）」「誰が語るのか（語り手は誰か）」などであった。本章ではこのうち、「物語の時間」について考察していく。

前章で明らかにしたように、物語とは本質的に時間の展開を持つ事象を語ったものである。したがって、その分析は物語論の中でも特に重要な位置を占める。ジュネットの『物語のディスクール』では、第一章の「順序」と第二章の「持続」が主に時間を扱った部分になっているので、まずこの二つを詳しく見ていこう。

「物語内容の時間」と「物語言説の時間」

まず「順序」とは何か。「同じ内容（物語内容）を異なった形（物語言説）で語ることができる」というのがジュネットの考え方だった。時間についても、まず「物語内容の時間」と「物語言説の時間」とを区別する。換言すれば、「物語内容の時間」とは、出来事が起こった順番に並んだものであり、「物語言説の時間」とは、それをどのような順番で語っているかというものである。

例えば、ある物語の出来事がA→B→C→D→Eの順番で起こったとすると、この起こった順番通りに出来事が配置されているのが「物語内容の時間」である。しかし、先ほど漱石の『こころ』の例で見た通り、起こったことを順番通りに語る必要はない。Cから初めてAに戻り、B、続いてD、Eと語ってもいい。Eから始めることもできるし、CからDまで語っておいてAに戻ってもいい。

このように、実際に語られたものが「物語言説の時間」である。つまり簡単に言えば、「順序」とは、起こった出来事をどういう順番で語るか、ということである。民話など、単純な物語は出来事が起こった順番に語られることが多いが、近現代の小説は複雑な時間的展開にしているものも多い。語る順番を大なり小なり入れ替えて語ることを、ジュネットは**錯時法**と呼んだ。

錯時法は二種類に大別できる。後説法（英語ではフラッシュ・バック）と先説法（英語ではフラッシュ・フォワード）がそれである。後説法とは、基準となる物語の時点に対して、過去のことを語る方法で、先説法は逆に基準点よりも先のことを語る方法である。先ほど触れた『こころ』は後説法を使っている。『こころ』後半部分の基準点は、語り手の「私」が「先生」の遺書を読んでいる場面である。先生の遺書には、「私」と「先生」が出会う前の出来事が記されている。基準点よりも過去のことを語っているのだから、後説法である。

『こころ』の例は、後半部分全体が後説法と呼べるが、実際には細かく使われることも少なくない。次の例を見てみよう。

「どうにもなりはしないね」と僕もいった。「全くどうにもなりはしない」
「厄介なだけだ」
「ひどく厄介だな、ほんとに」
しかし、僕に関する限り、この仕事は厄介なだけ、ではなかった。**僕は昨日の午後、アルコール水槽に保存されている、解剖用死体を処理する仕事のアルバイターを募集している掲示を見るとすぐ、医学部の事務室へ出かけて行った。僕は、自分が文学部の学生であることを不利な条件だと考えていたが、係の事務員は極めて急いでいて、僕の学生証をはっきりあらためる事もせず、すぐ僕を死体処理室の管理人に紹介し、仕事は一日で終える予定だといった。**……

（大江健三郎『死者の奢り』）

『死者の奢り』は、主人公が実験用の死体を扱うバイトを行うことになり、その死体が保管されている部屋に向かうシーンから始まっている。そして、その場所に来ることになった理由が書かれているのが、太字で示した部分である。その太字の部分は、「僕は昨日の午後」から始まっており、基準時点から見て「昨日」のことを語っているのがわかる。したがって、これも後説法である。

漫画などでも、まず謎を作っておいて、後から理由をときあかすために後説法を使うことがよくある。この時、要約的かつ説明的になりやすい。

『百年の孤独』の恐るべき冒頭

これに対して、基準点よりも未来におこることを先取りして語ることもある。これが先説法である。典型的な例としては「この行動が後に大事件を引き起こすことになるのだが、この時点の彼には知るよしもなかった。」のように、先に起こることを予告し、読者に緊張感を持たせるものが挙げられる。特殊な例では、ガルシア＝マルケスの『百年の孤独』冒頭部分にも先説法が見られる。

長い歳月が流れて銃殺隊の前に立つはめになったとき、恐らくアウレリャノ・ブエンディア大佐は、父親のお供をして初めて氷というものを見た、あの遠い日の午後を思いだしたにちがいない。

「長い歳月が流れて」というのだから、これは基準点より未来のことを語っている先説法と言える。

読者にはこの冒頭の文において、アウレリャノ・ブエンディア大佐がいつか銃殺隊の前に立つはめになることが予告されている。予告されることによって読者は、アウレリャノが大佐になる経緯や、クライマックスになりそうな銃殺の場面を念頭に置きつつ読み進めることになる。

ただし、この先説法は非常に特殊である。というのも、基準点が不明確になっているからである。いつの時点から見て「長い歳月」が経過しているのかがわからない。さらにその「長い歳月」が経過した未来の時点から、「遠い日の午後を思いだした」と、時間を一気にアウレリャノ子供時代に戻すという構造になっている。

読者は最初に基準点からして未来に目を向けさせられるのに、同じ文の中で「遠い日の午後」という過去に戻らされるのである。最後まで読むとわかるが、この文は『百年の孤独』全体を貫く円環的時間を予告したものであり、基準点が不明確なのは、特殊な時間感覚に読者を置くための策略である。先説法と後説法の両方を使った恐るべき文である。

ジュネットの時間の分類

さらにジュネットはこの錯時法に関し、**「射程」**と**「振幅」**という概念を導入する。「射程」とは、基準点と過去（または未来）のあいだにどれだけの時間的隔たりがあるかである。先に見た『死者の奢り』では基準点から見て「昨日」の話をしているので、その「射程」は一日間だということになる。『百年の孤独』の例では「長い時」が「射程」にあたる。

次の「振幅」とは、基準点よりも前、あるいは後について語っている部分がどれくらいの長さ続くか、である。例えば泉鏡花の『高野聖』では最初に、「私」と「上人」（僧侶）が出会う。次にその「上人」が「私」に物語を語って聞かせる構造になっているが、残りの大部分が「上人」の話である。これは後説法によって語られる「振幅」が極端に長い例である。

物語の基準点となるところを**第一次物語言説**と呼ぶ。これに対して、先説法や後説法によって語られている物語部分を**第二次物語言説**と呼ぶ。『高野聖』では、「私」が「上人」に会っている場面が第一次物語言説、「上人」によって語られている物語が第二次物語言説である。

第一次物語言説と第二次物語言説の世界が連続しているものを等質物語世界と呼ぶ。先に挙げた『死者の奢り』の後説法は、物語の場面（第一次物語言説）に対して前日の事柄を語っており、等質物語世界である。一方、「上人」が語る話は一応「上人」自身の体験と言ってはいるが、実際には想像、もしくは幻想に近く、「私」と「上人」がいる世界とは違った世界のようである。このように、違う世界の話を語ることを異質物語世界と呼ぶ。物語の中の物語（メタ物語）と呼んでもよい。

さらにジュネットは、後説法を内的後説法と外的後説法の二つに分類する。内的後説法とは、後説法で語られる内容の射程が、第一次物語言説の内部にあるもののことである。例えばあるドラマで、主人公の男が暴漢に包丁で刺され、病院に運び込まれたとする（これをAとしよう）。次のシーンでは、時間が飛び、主人公が記憶を喪失したものの、回復して新たな生活をしているシーンが出たとする。そこに、かつての恋人が現れて、主人公が刺された後、どこで何をしていたかを話したとする。

このようなタイプの物語では、主人公が刺された時点（A）と新たな生活をしているシーン（C）の後に、その間の出来事（B）が振り返って語られていることになる。時間軸上はA↓B↓Cであるが、これがA↓C↓Bと語られている。

この場合、後説法によって語られる出来事Bは、AとCのラインの内側にある出来事である。これを内的後説法と呼ぶ。

一方の外的後説法とは、第一次物語言説とは切り離された過去を語るものである。例えば漱石『こころ』の第一次物語言説は「私」が「先生」に出会ってからの話が語られているが、後半部分を占める「先生」の遺書には、「私」と「先生」が出会う以前のことが書かれている。つまり、「先生と遺書」部分はすべて、第一次物語言説（「私」と「先生」が出会った後の話）よりも過去のことになるので、外的後説法である。

この分類は細かすぎるかもしれないが、その用いられ方によって、効果が異なる場合がある。内的後説法を用いる典型的な理由は、あえて語らずに飛ばした時間のうちに、どんなことがあったかを補完するためである。先ほどの例では、誰かが記憶をなくしている間に何があったかを後から語っていたが、うまくすればこれによって劇的な効果を生むことができる。このような内的後説法の用い方を補完的後説法と呼ぶ。

これに関連する方法に、「省略」と「黙説法」がある。「省略」とは、時間の流れを単に飛ばすものである。黙説法も、ある時間に起こった出来事を語らないで飛ばす点は同じだが、意図的に何らかの事実を語らないもののことである。つまり、「省略」とは、単に重要でない出来事を語らないで済ますことであり、「黙説法」とは、本来なら読者が知りたがる情報をあえて隠す方法である。「黙説法」が使われた場合、後で補完的後説法が要請されることが多い。その典型的な例は推理小説であろう。

主人公たちは必ず殺人事件に遭遇するが、犯人が被害者を殺害する部分は語らないのが普通である。

さらにジュネットは後説法のタイプとして、「括複的後説法」と「再説」を挙げる。「括複的」とは文字通り、複数あった（何度か起こった）出来事を一括りにして語る方法である。例えば、「高校時代、彼はよく授業をサボって、ゲームセンターに行っていた」では、何度か起こったことを一括して語っているのがわかる。

「再説」とは、既に述べた出来事をもう一度振り返って語るものである。これも推理小説の謎解き場面を考えればいい。例えば、どこかの部屋から大きな物音がしたとして、一同がその部屋に向かったとする。そこで犯人は自分からドアを開ける行為を行う。その後、謎解きの場面で、ドアを率先して開けたのは、実は証拠を隠すための行為であったことを明らかにしたとする。この場合、既に語られたことをもう一度語りなおしているので、「再説」に相当する。

これらの時間の展開方法は、もちろんそれまでも意識されていたはずだが、ジュネットによってそれが初めて体系的に明らかにされた。前章で見たプロップやバルトらの理論よりもはるかに細かく分類されていることがわかるだろう。ジュネットの『物語のディスクール』はこのように、物語がどのように設計されているのかを記述し、分類していくのである。

「持続」の分類――休止法と情景法

「順序」と並んで、ジュネットが提出しているもう一つの時間に関する要素が「持続」である。「持続」とは、物語をどの程度の長さで語るかである。時間的には一分間しかない出来事を詳細に何ページにもわたって描くこともできるし、逆に数年間の出来事を数行でまとめてしまうこともできるだろう。ジョイスの『ユリシーズ』は、たった一日のことを描いた小説だが、翻訳本が文庫で四冊になるほど長い。一方、『百年の孤独』は百年のことを書いているものの、分量としては『ユリシーズ』よりも短い。当然、短い時間を長く語るほうが詳細になるし、長い時間を短くまとめたほうがテンポが良くなる。

ジュネットは物語内容の時間と物語言説の時間の関係から「持続」を分類する。つまりどのくらい物語の時間が進んだか（物語内容の時間）と、それをどのくらい長く語るか（物語言説の時間）の関係から、以下のように分けて考えた。

①休止法
②情景法
③要約法
④省略法

①の休止法とは、物語内容の時間をまったく進めずに説明をする方法である。具体例を見よう。

京は大きい都会としては、木の葉の色がきれいである。
修学院離宮のなか、また御所の松のむれ、古寺の広い庭の木々は別としても、木屋町や高瀬川の岸のしだれ柳の並木、五条や堀川のしだれ柳の並木などは、町なかにあって、すぐ旅人の目につく。ほんとうにしだれ柳である。みどりの枝が、地につきそうに垂れて、いかにもやさしい。やわらかな円みをえがいてつらなる、北山の赤松などもそうである。

ことに、今は春である。東山の若葉の色模様も見える。晴れていれば、叡山の若葉の色模様ものぞまれる。

（川端康成『古都』）


引用した部分はすべて物語の舞台である京都の説明であり、物語内容の時間は進展していない。これが休止法である。

②の情景法とは、「物語内容の時間と物語言説がほぼ一致するような書き方」とされる。つまり、リアルタイムで放映しているかのように、物語で語られている時点（物語の現在）が時間の流れに沿って徐々に進んでいくように語ることである。次の例をみよう。

真一が寝ころんでいるなんて、千重子は思いがけなかった。いやだった。若い娘を待つのに寝ころんでいる。自分ははずかしめられた、また行儀が悪い、と感じるよりも、真一の寝ころんでいる、そのことがいやなのだった。千重子の暮しのなかでは、寝ころんだ男の姿など見なれなかった。

真一は大学の庭の芝生で、よく友だちと、肘枕をついたり、仰向けにのびたりして、談論風発するのだろう。その恰好を取ったに過ぎまい。

また、真一の横には、おばあさんが四五人、組み重をひろげながら、のんびりと話をしている。真一はそのおばあさんたちに親しみをおぼえて、そばへ腰をおろすうちに、胸を倒してしまったのだろう。

そんな風に思って、千重子はほほ笑もうとしたが、かえって顔が赤らんだ。真一を呼びさませなくて、ただ立っていた。しかも、真一から離れてゆくように……。千重子は男の寝顔などついぞ見たことがない。

真一は学生服をきちんと着ているし、髪もちゃんとととのえている。長いまつ毛が合さって、少年のようである。しかし、千重子はそれらにまともに目を向けなかった。

(『古都』)

これも先ほどと同じ川端の『古都』から取った。ここでは、物語は少しずつ進んでいるのがわかる。時間の経過は、千重子が真一を見つけたこと、いやな思いをしたこと、真一のそばにおばあさんをみかけたこと、顔を赤らめたこと、真一が千重子に目を向けないこと、というように一コマずつ徐々に進んでいる。このような語り方が情景法である。

しかし、より細かく見ると「千重子の暮しのなかでは、寝ころんだ男の姿など見なれなかった。」「真一は大学の庭の芝生で、よく友だちと、肘枕をついたり、仰向けにのびたりして、談論風発するのだろう。その恰好を取ったに過ぎまい。」「また、真一の横には、おばあさんが四五人、組み重をひろげながら、のんびりと話をしている。」といった文は、物語の説明や、状況の描写であり、時間が展開していないではないか、との反論がでるかもしれない。確かに、これらの文では時間が展開していないので、休止法的である。

ジュネットの理論は、一文が時間を進めるか進めないか、というようなミクロな構造までは議論していない。物語のある部分を切り出してきて、全体として時間がどの程度進んでいるかについて分類している。ここは全体として時間が一コマずつ進んでいるように感じられるので、情景法といってもいい。もちろん、一文ごとに細かく見る分析の方法もあり得るだろう。

要約法と省略法

③の要約法は、文字通り要約的に語ることである。森鷗外の『舞姫』から例を見よう。

余は幼き比より厳しき庭の訓を受けし甲斐に、父をば早く喪ひつれど、学問の荒み衰ふることなく、旧藩の学館にありし日も、東京に出でゝ予備黌に通ひしときも、大学法学部に入りし後も、太田豊太郎といふ名はいつも一級の首にしるされたりしに、一人子の我を力になして世を渡る母の心は慰みけらし。十九の歳には学士の称を受けて、大学の立ちてよりその頃までにまたなき名誉なりと人にも言はれ、某省に出仕して、故郷なる母を都に呼び迎へ、楽しき年を送ること三とせばかり、官長の覚え殊なりしかば、洋行して一課の事務を取り調べよとの命を受け、我名を成さむも、我家を興さむも、今ぞとおもふ心の勇み立ちて、五十を踰えし母に別るゝをもさまで悲しとは思はず、遥々と家を離れてベルリンの都に来ぬ。

（『舞姫』）

この段落では、主人公の太田豊太郎が幼いころから厳しく育てられたこと、旧藩の学館で学んでいたこと、東京の予備黌に通っていたこと、大学法学部に通っていたこと、某省に就職したこと、など、ベルリンに来るまでのことが要約的に書かれている。

そして最後が④の省略法である。これもそのままで、物語のある時間に起こったことを省略してしまう方法である。自伝的小説を考えればわかりやすいだろう。例えばある人物の中学時代のことに続いて大学時代について語られているとするならば、本来ならその間に高校時代があるはずだ。既にみたように、不必要だから飛ばしている場合もあるし、意図的に語らないでおいて、後から後説法を用いて語りなおす場合もある。

叙述の速さ

以上に観察できる通り、物語の時間的展開は一コマずつゆっくりと進めることもできれば、要約的にどんどん進めることもできる。つまり、**叙述には速さがある。**情景法では叙述の速度が遅く、要約法では速い。ジュネットは大きな分類しかしていないが、細かく見てみると、叙述の速度は必ずしも一定ではない。メリハリも重要である。

三人が駅を出ると、完全なタイミングで公用車のセルシオが滑りこんできた。若い男性が進み出て、荷物をトランクに積みこむと、素早くドアを開け、三人を車内に導いた。

「それでは府庁で。我々も後ろの車で向かいますので」

先の年配の男性が発した言葉に、

「では府庁で」

と松平が重々しくうなずくと、ゆっくりドアが閉められた。

黒のセルシオは静かに発進し、新御堂筋に入った。高架を併走する地下鉄御堂筋線を横目に、丁寧な運転とともに、三人を乗せた車は南下していく。

（万城目学『プリンセス・トヨトミ』）


この部分は、基本的には一コマずつ時間が進んでおり、全体としては情景法的だが、細かく見るとどうなっているだろうか。最初の文「駅を出る」だが、駅から出るにはそれ相応の時間がかかる。一方、次の「荷物をトランクに積む」「ドアを開ける」「三人を車内に導く」は連続した動作を表し、それぞれ時間的に短いので、叙述の速度は最初の文に比べて遅い。

次に会話が来る。会話はその場面を再現したものなので、典型的な情景法である。また、「黒のセルシオは静かに発進し、新御堂筋に入った。」で経過している時間は、「松平が重々しくうなずくと、ゆっくりドアが閉められた。」で述べられている時間よりも長い。ということは、叙述の速度はやはり相対的に速い。

安部公房の小説から、次の二つを比べてみよう。


だが、このあたりには、わざわざ登るほどの山はない。改札口で切符を受取った駅員も、つい不審の表情で見送った。男はためらいも見せず、駅前のバスの、一番奥の座席に乗り込んだ。それは山とは逆方向に向うバスだった。

男は終点まで乗りつづけた。バスを降りると、ひどく起伏の多い地形だった。低地がせまく仕切られた水田になり、そのあいだに小高い柿畠が島のように点在していた。男はそのまま村を通りぬけ、次第に白っぽく枯れていく海辺に向って、さらに歩きつづけた。

やがて人家がつきると、まばらな松林になった。いつか地面は、きめの細かい、足の裏に吸いつくような砂地に変っている。ところどころ、乾いた草むらが砂のくぼみに影をつくり、また間違えたように畳一枚ほどの貧弱なナス畠があったりしたが、人影らしいものは、まるでなかった。いよいよこの先が目指す海にちがいない。


耳もとで、咳きこむ声がした。いつのまにやら、村の漁師らしい老人が一人、肩をすりつけんばかりにして立っているのだ。カメラと、穴の底とを見くらべながら、なめしかけの兎の皮のような頬を、皺だらけにして笑いかけてくる。充血した眼のふちに、めやにが、厚い層になってこびりついていた。

「調査ですかい?」

風に吹きちらされ、携帯用ラジオのように、幅のない声だ。しかし、アクセントははっきりしていて、べつに聞きとりにくいほどではなかった。

「調査だって?」男は、狼狽気味に、レンズの上を掌でかくし、相手の目につきやすいように、捕虫網を持ちなおしながら、「なんの話だか、よく分らないが……ぼくは、ほら、昆虫採集をしているんですよ。こういう、砂地の虫が、ぼくの専門でね。」

「なんだって？」

どうやら相手にはうまく飲み込めなかったらしい。

「昆、虫、採、集！」と、もう一度大声でくりかえし、「虫ですよ、虫！……こうして、虫を捕るんだよ！」

「虫……？」

老人は、疑わしげに、目をふせて唾をはいた。


いずれも『砂の女』の文である。先に引用したほうは、主人公の「男」が駅に着いてからバスに乗り、終点まで行き、さらに海辺まで歩いていく行程が時間軸にそって語られているが、比較的要約的である。「男は終点まで乗りつづけた。」では一括して時間を先に進めているし、「男はそのまま村を通りぬけ」でも村を通り抜けるまでの時間経過が表されている。主要な舞台となる村までの到着は、叙述の速度を速くして表現しているのである。

一方、後者の引用例はどうだろうか。こちらでは老人の所作が細かく描かれているし、主人公の「男」の反応も細かいため、情景法的である。会話も多く、叙述の速度は遅い。このように、叙述の速度を遅くすると、臨場感が出やすい。要約的な前者に比べて、後者のほうがその場に居合わせているように感じることができるだろう。叙述の速度をどのように使い分けるかによっても、受ける印象は大きく異なってくるのである。

ジュネットの理論において、時間に関わる最後の要素が「頻度」である。頻度とはつまり、一度起こったことを語るのか、それとも何度も起こったことを語るのか、ということで、次のように分類される。

①単起法（一度起こったことを一度だけ語る）
②反復的単起法（一度起こったことを複数回語る）
③括複法（何度も起こったことを一括りにして語る）

物語とは、基本的に一度起こったことを報告するものだから、もっとも基本的な語り方は、ある場面で一度起こった出来事を一度だけ語ることである。先ほど見た『砂の女』でも、ある日に男が駅から砂浜まで行ったこと、そこで老人に会ったこと、会話が行われたことなどは、すべて一度起こったことを一度だけ語っている。これを**単起法**とよぶ。

それ以外の語り方もあるのだろうかと思ってしまうが、ある。一度起こった出来事に対して、何度も言及する場合である。探偵物語なら、同じ出来事を繰り返し語って吟味することがある。芥川龍之介の『藪の中』は、ある殺人事件について、検非違使（捜査担当者）に問われた人物たち（木樵り、旅法師、放免、媼、多襄丸など）が、さまざまに証言する。このように、同一の出来事を何度も語るもの

「頻度」の分類

を反復的単起法と呼ぶ。特殊な例では、ロブ・グリエの小説『嫉妬』が挙げられる。『嫉妬』では同じムカデの死が何度も執拗に描かれる。これも一度だけ起こった出来事について、さまざまに語っている例である。

逆に、何度も起こったことを一括りにして語ることもできる。これが**括復法**である。過去のことを要約するのに用いられることが多い。「高校時代、彼はよく授業をサボって、ゲームセンターに行っていた」という表現は、後説法でもあり、何度も起こった事柄を一括りにして語る括復法でもある。

さらにジュネットは、境界限定と周期特定、延長という分類を行っている。境界限定とは、一括される期間のことで、「高校時代、彼はよく授業をサボって、ゲームセンターに行っていた」なら、「高校時代」である。周期特定とはその期間のうちにどのくらいの頻度でそれが起こっていたかで、「毎週月曜日に」とか、「月に一度」というのならば、周期特定はそれぞれ「毎週月曜日」と「月に一度」である。延長とは、括復法で語られる出来事の時間の長さのことで、「高校時代の数学の時間では」ならば、延長は数学の授業時間（おそらくは五十分程度）になる。

以上に見られるように、『物語のディスクール』は、プロップの形態分析を引き継ぎ、物語の形をより詳しく解剖してある。分類が細かすぎるので、その必然性には疑問が持たれることもあるが、それはジュネットの理論を道具として作品分析をしようとした場合の話である。『物語のディスクール』は、できるだけその「形」を細かくみようとする意図があったのである。

物語を語る位置と時間

以上、ジュネットの『物語のディスクール』では第一章の「順序」から第三章「頻度」まで、物語の時間に関する分析になっている。ここまでの時間論は、物語内容と物語言説の時間関係であったが、ジュネットの理論ではこれに「語る行為」という要素が付け加えられているのであった。

ジュネットの理論を用いた小説の構造分析で、非常に多い誤解は、語り手が「語りの現在」から「過去」を語っていると想定してしまうことである。上の図を見てほしい。

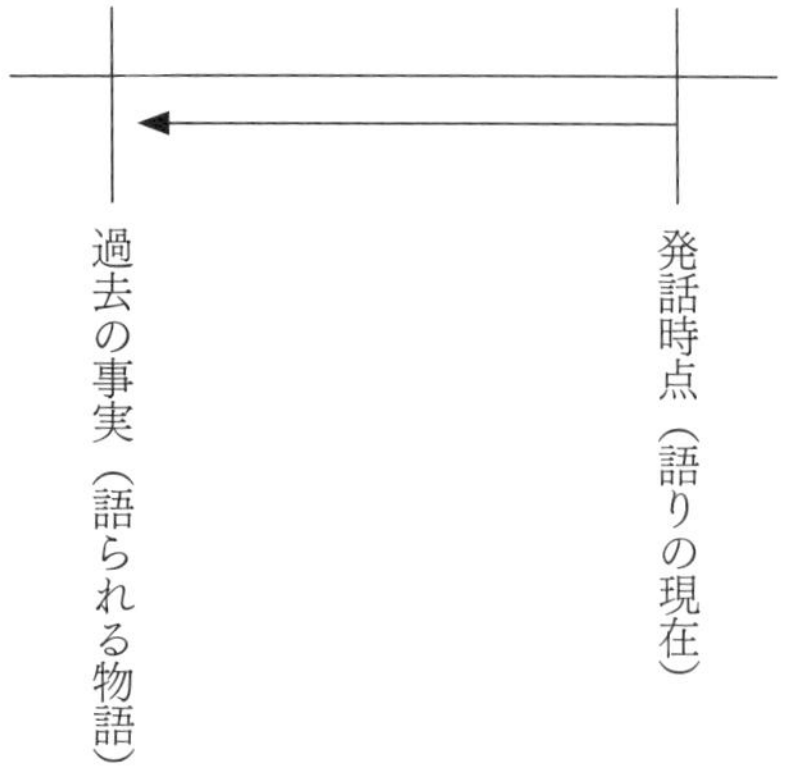

通常の会話では、話し手と聞き手がいる「現在」が定まっており、過去のことを語るならば、その「現在」から回顧して語る。物語にこれを適用すると、語り手がいる「語りの現在」から、過去の物語を語っているということになる。

しかし、このモデルを取り入れてしまうのは危険である。というのも、通常の会話で過去に起こった出来事を語る場合と、物語では、文法が異なっているからである。ここで、「語り手」の語る位置と、語られる物語の時間関係について考えてみよう。

ジュネットに先立つ理論

まず、ジュネットに先立つ理論家たちの時間論ではどうなっているだろうか。

ジュネットはバンヴェニストの言語論を下敷きにしているが、バンヴェニストは以下のように述べた。


（物語は）起こったこととして記録されるかぎり、過去に属するはずである。おそらく、これらの歴史の時称表現において記録され、言いあらわされるそのときから過去のこととしての特性を与えられる、というほうがより適切であろう。


「起こったこととして記録されるかぎり、過去に属するはずである」とあるように、ある出来事を語る場合には、それが起こったこととして語るわけだから、論理的に言えばそれは過去のことになるかもしれない。

ところが、「歴史の時称表現において記録され、言いあらわされるそのときから過去のこととしての特性を与えられる、というほうがより適切であろう」と述べている。つまり、過去の事だから過去形を使うのではなく、**過去形を使っているから過去のこととして読者が読んでいるのだ**、というのである。

フランス語では、現実の会話で過去のことを語る場合と、物語の場合では、異なる過去形を使用する。前者は「複合過去形」を使用し、物語では「単純過去形」が使われる。そして、単純過去形とは「現在とは切り離された過去」とされる。つまり、物語中で語られる出来事は、現在とは切り離された時空の出来事なのである。とすれば、先ほどの図で見たように、「現在」から同一時間軸上の過去を振り返るというモデルは、現実の会話では適切であるが、物語ではそうではないことになる。

この考えを推し進めると、**物語の過去形に過去の意味はないのではないか**とも考えられる。バルトも『エクリチュールの零度』の中で、「単純過去はもはや時を表す役割を担っていない」と述べる。

重要なのは、物語においては**語られる現在が現在として大きな役割を担っている点である**。語られるほうの現在、即ち**物語現在**は、過去ではなくて現在としてあらわされるのが物語なのである。

物語現在的語り

「物語現在」が「現在」となるのが、物語において最も基本である。日本語ではこれが特にわかりやすい。ここで、日本語の「物語現在」についてみていこう。

「物語現在」が現在となっている場合、一回きりの動作や状態の変化が時間に沿って漸進的に展開される。漸進的にとは、一コマ一コマ進んでいくということであり、要約的・説明的ではない。また、日本語の場合には非過去形の使用が可能になる。

> 僕と女子学生は、死体処理室の管理人と医学部の大講堂の地下へ暗い階段を下りて行った。階段の磨滅した金属枠に濡れた靴底が滑り、そのたびに女子学生は短かい声をたてた。階段を降りきるとコンクリートの廊下が低い天井の下を幾たびも折れて続き、その突きあたりのドアに死体処理室と書きこんだ黒い木札がつりさげてあった。
>
> （大江健三郎『死者の奢り』）

　ここでは、主人公の「僕」と女子学生が階段を下りて行き、死体処理室と書いてあるドアを見つけるまでの行為が、時間軸に沿って一つずつ進んでいる。文末に注目すると、述語部分はすべて「た」が使われているものの、次のように非過去形に変えることができる。

　　僕と女子学生は、死体処理室の管理人と医学部の大講堂の地下へ暗い階段を下りて行った。階段の磨滅した金属枠に濡れた靴底が滑り、そのたびに女子学生は短い声を**たてる**。

物語現在を語る場合、過去形と非過去形を両方使うことができるのは、過去を回想しているわけではないからである。これを私は「物語現在的語り」と呼んでいる。

物語現在的語りは通常、突然始まるのではない。冒頭や、新たな場面に移る場合に、それまでの時間が要約的に語られることが多い。要約的語りから物語現在的語りへ移り変わる例を見よう。

　　江口老人は二度とふたたび「眠れる美女」の家へ来ることがあろうとは思わなかった。少くとも、前にはじめて来て泊った時には、また来てみようとは考えていなかった。朝になって起きて帰る時にもそうであった。

　　その家へ今夜行ってもいいかと、江口が電話をかけたのは、あれから半月ほどのちだった。向うの声はあの四十半ばの女らしいが、電話ではなおひっそりした場所から冷めたくささやかれるように聞えた。
「今からお越し下さいますとおっしゃいますと、こちらへなん時ごろお着きなさいますでしょうか。」
「そうね、九時少し過ぎだろう。」

（川端康成『眠れる美女』）

引用したのは川端康成『眠れる美女』の「その二」の冒頭である。「その二」は「その一」から時間的に隔たった新たな時点が物語現在として設定される。その新たな時点を導くために、引用部分の最初の段落と第二段落の最初の文（太字部分）までで、「その二」が始まるまでの経緯が要約的に書かれている。

傍線を付した文に注目しよう。この文において、江口老人が電話をかけるという行為を行っている。この行為の叙述から、新たな物語現在が開始している。以降は一文ずつ時間が進み、直接話法による会話（「今からお越し下さいますと……」）も多く出てくるようになる。

時間のダイクシス

日本語では、物語現在が現在となっていることが明確で、それがもっともよく分かるのがダイクシスの使い方である。ダイクシスとは、「私、あなた」のような代名詞や、「これ、あれ」のような指示詞、「今日、昨日」など時間を表す言葉などのことだが、このうち時間を表すダイクシスに注目してみよう。

物語現在を「今」と設定したとすると、その「今」を基準点として、「一昨日、昨日、今、明日、明後日」という時間のダイクシスが使われることになる。一方、「今」を基準としないダイクシスでは、「二日前、前日、この時、翌日、二日後」となる。英語等では、過去形を使うのに合わせて、ダイクシスも“two days ago, last day, this time, next day, two days later”のような系列が使われる。「今」を基準とすると、“the day before yesterday, yesterday, now, tomorrow, the day after tomorrow”の系列が使われるはずだが、英語の物語ではこのようなダイクシスの使用は例外的である。

しかし、日本語では、物語現在が導入されると、「一昨日、昨日、今、明日、明後日」という物語現在を「今」としたダイクシスの系列が使用されるのが普通である。用例を見よう。

きのう、水木真一が千重子に電話をかけてきて、平安神宮の桜見に誘ったのだった。

いや、今も、よごれのない松のみどりや池の水が、しだれた紅の花むれを、なおあざやかに浮き立たせているのだった。

（共に『古都』）

一つ目の例では、水木真一と千重子がデートをしている時点が「物語現在」である。前日に真一が電話をかけて千重子を誘ったのだが、その真一が電話をかけた時点は、「きのう」のことであるため、「きのう」が使われている。デートの時点が過去であるなら、その時点は「この時」「その時」と呼ばれ、その前の日は「きのう」ではなく「前日」と呼ばれるはずだが、そうはなっていない。

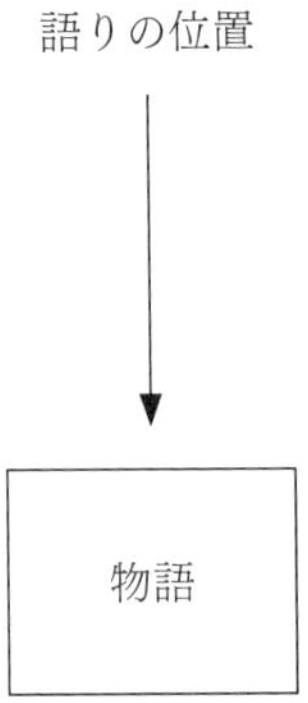

そして、次の引用では語られている時点を「今も」と呼んでいる。一方で文末に注目すると、「だった」と過去を表すはずの「た」が同時に使われているのがわかる。物語現在が語られている場合、「た」が使用されていても、実は過去を表しているわけではない。語り手は「現在」から「過去」の物語を語っているわけではないのである。では、その語り手の位置と、語られる物語世界の位置関係はどのようになっているだろうか。それは、図のようであると考えられる。

語り手は物語世界を目の前に置き、物語現在を現在として語っている。ただし、実況中継とは違う。実況は目の前で起こることを同時に報告するため、それ以外の操作はできないが、物語の語り手は要約したり、詳細に語ったり、時間をとばしたりするなど、自由に行うことができる。目の前に物語世界を置いて語っているが、語りの位置は物語世界の外側にあるのである。

この関係は、無声映画の映像と弁士の関係に例えることができるだろう。映像は一コマずつ時間軸に沿って進んでいき、弁士はそれを外側から見ながら語っていく。ただし、小説などには言葉しかないので、語られるごとにコマが進む。

このような語る位置と語られる物語の位置関係をよく表しているダイクシスが「これ」「ここ」である。

茶室の下の小みちを抜けると、池がある。岸近くに、しょうぶの葉が、若いみどり色で、立ちきそっている。睡蓮の葉も水のおもてに浮き出ていた。

この池のまわりは、桜がない。

（『古都』）

だが、このあたりには、わざわざ登るほどの山はない。改札口で切符を受取った駅員も、つい不審の表情で見送った。

（『砂の女』）

「この池」「このあたり」という表現にあるとおり、目の前に意識しているから「この」になる。会話を考えてみよう。過去のことを回顧する場合には、「この」ではなく、「あの」を使う。現在とは隔てられた過去だからである。

回想的な小説の場合

物語では物語現在が現在になっている点について、厳密に回想形式を取る小説と比較して考えてみよう。回想する場合、思い出される出来事は完全に現在から見た過去の事になる。以下は、太宰治『思い出』から取った。

叔母についての追憶はいろいろとあるが、その頃の父母の思い出は生憎と一つも持ち合せない。曾祖母、祖母、父、母、兄三人、姉四人、弟一人、それに叔母と叔母の娘四人の大家族だった筈であるが、叔母を除いて他のひとたちの事は私も五六歳になるまでは殆ど知らずにいたと言ってよい。広い裏庭に、むかし林檎の大木が五六本あったようで、どんよりと曇った日、それらの木に女の子が多人数で昇って行った有様や、そのおなじ庭の一隅に菊畑があって、雨の降っていたとき、私はやはり大勢の女の子らと傘さし合って菊の花の咲きそろっているのを眺めたことなど、幽かに覚えて居るけれど、あの女の子らが私の姉や従姉たちだったかも知れない。

　六つ七つになると思い出もはっきりしている。私がたけという女中から本を読むことを教えられ二人で様々の本を読み合った。たけは私の教育に夢中であった。


以上のように、現在から同一時間軸上の過去を振り返って語る場合、以下のような特徴がある。

①要約的（叙述の速度が速い、括複的）
②説明的
③直接話法、特に対話が少ない

太宰の『思い出』は、一貫して過去の出来事を回想する小説で、引用した部分では、第一段落で物心がつくかつかないかのころのこと、第二段落で六歳から七歳のころのことが語られているが、要約的・説明的に場面が語られている。

回想する場合、その時点を基準とし、思い出される出来事は点で表される。また、ある程度の時間の幅を圧縮して語るため、叙述の速度が速くなるし、複数の出来事がひとくくりにされやすい。

話法については次章で詳しく扱うが、③の「直接話法」とは、カギ括弧で括ったセリフのことである。セリフとは物語現在で人物が話した言葉であるが、過去を振り返る形式の場合、極端に少なくなる。特に、人物と人物の対話が激減する。このため、『思い出』にも直接話法はあまり出てこない。

『こころ』の直接話法

直接話法、特に人物同士の対話が少ないことに関して、もう一つ、漱石の『こころ』の例を見てみよう。『こころ』後半部分は先生の遺書であるが、やはり過去のことを振り返って語る形式なので、要約的・説明的である。そして、直接話法によるセリフはあまり多くない。そんななかで、直接話法によるセリフが出てくるところを一つ見てみる。

私は未亡人の事を常に奥さんといっていましたから、これから未亡人と呼ばずに奥さんといいます。奥さんは私を静かな人、大人しい男と評しました。それから勉強家だとも褒めてくれました。けれども私の不安な眼つきや、きょときょとした様子については、何事も口へ出しませんでした。気が付かなかったのか、遠慮していたのか、どっちだかよく解りませんが、何しろそこにはまるで注意を払っていないらしく見えました。それのみならず、ある場合に私を鷹揚な方だといって、さも尊敬したらしい口の利き方をした事があります。その時正直な私は少し顔を赤らめて、向うの言葉を否定しました。すると奥さんは「あなたは自分で気が付かないから、そうおっしゃるんです」と真面目に説明してくれました。

（夏目漱石『こころ』）

引用部分では全体的に「奥さん」と「私」のやりとりが語られている。「奥さん」と「私」はたくさんの言葉のやりとりを行ったはずだが、「あなたは自分で気が付かないから、そうおっしゃるんです」しか直接話法では出てきていない。

それ以外の部分を見ると、「奥さんは私を静かな人、大人しい男と評しました。」「それから勉強家だとも褒めてくれました。」「その時正直な私は少し顔を赤らめて、向うの言葉を否定しました。」とある。その当時、多くなされていたはずの会話が、現在の立場からまとめられてしまっているのである。

最後にひとつだけ直接話法が出てきているのは、話を進める上で、このセリフに特に焦点を当てたいためであろう。回想形式ではこのように、特に強調したい部分、現在の状況を説明するのに都合のいいセリフくらいしか直接話法にしないのが普通である。

森鷗外『舞姫』の「回想構造」

森鷗外の『舞姫』は、しばしば「回想形式の小説」と言われるが、果たして本当にそうだろうか。冒頭部分を見てみよう。

石炭をば早や積み果てつ。中等室の卓のほとりはいと静にて、熾熱燈の光の晴れがましきも徒なり。今宵は夜毎にこゝに集ひ来る骨牌仲間も「ホテル」に宿りて、舟に残れるは余一人のみなれば。五年前《いつとせまえ》の事なりしが、平生の望足りて、洋行の官命を蒙り、このセイゴンの港まで来し頃は、目に見るもの、耳に聞くもの、一つとして新ならぬはなく、筆に任せて書き記しつる紀行文日ごとに幾千言をかなしけむ……

『舞姫』は主人公の太田豊太郎が、官命でドイツに留学し、五年の滞在を終えて日本に帰ろうとしているところが開始時点である。そして二段落目では「五年前の事なりしが」と、五年前の回顧を始めている。こうしてみてみると、確かに『舞姫』は回想形式の小説のようである。ところが、『舞姫』は一点からの回想構造を維持しているわけではなく、具体的な場面が語られている場面では、物語現在が現在となっている。

或る日の夕暮なりしが、余は獣苑を漫歩して、ウンテル、デン、リンデンを過ぎ、我がモンビシユウ街の僑居に帰らんと、クロステル巷の古寺の前に来ぬ。余は彼の燈火の海を渡り来て、この狭く薄暗き巷に入り、楼上の木欄に干したる敷布、襦袢などまだ取入れぬ人家、頬髭長き猶太教徒の翁が戸前に佇みたる居酒屋、一つの梯は直ちに楼に達し、他の梯は窖住まひの鍛冶が家に通じたる貸家などに向ひて、凹字の形に引籠みて立てられたる、此三百年前の遺跡を望む毎に、心の恍惚となりて暫し佇みしこと幾度なるを知らず。

今この処を過ぎんとするとき、鎖したる寺門の扉に倚りて、声を呑みつゝ泣くひとりの少女あるを見たり。年は十六七なるべし。被りし巾を洩れたる髪の色は、薄きこがね色にて、着たる衣は垢つき汚れたりとも見えず。

引用したのは、豊太郎がヒロインのエリスに出会う場面である。まず「或る日の夕暮なりしが」と、場面が設定されている。この設定によって、ここが物語現在となるため、「クロステル巷の古寺」のあたりが詳細に描写されている。

また、豊太郎がクロステル巷を歩いている時点が「現在」とされていることは、続く段落にある「今この処を過ぎんとするとき」の「今」というダイクシスからも明確にわかる。そして、出来事が連続的に、詳細に語られているほか、直接話法も登場する。エリスと出会うその時点が現在となっているのであって、もはや回想される過去ではない。さらに例を見る。

今朝は日曜なれば家に在れど、心は楽しからず。

余が車を下りしは「カイゼルホオフ」の入口なり。門者に秘書官相沢が室の番号を問ひて、久しく踏み慣れぬ大理石の階を登り、中央の柱に「プリユツシユ」を被へる「ゾフア」を据ゑつけ、正面には鏡を立てたる前房に入りぬ。外套をばこゝにて脱ぎ、廊《わたどの》をつたひて室の前まで往きしが、余は少し踟蹰したり。同じく大学に在りし日に、余が品行の方正なるを激賞したる相沢が、けふは怎なる面もちして出迎ふらん。

一つ目の引用では「今朝は」となっており、主人公のいる時点が現在となっている。二つ目の例でも「けふは怎なる面もちして出迎ふらん。」と「けふ」が登場している。つまり『舞姫』は枠組みとして回想構造をとってはいるものの、物語の途中の具体的な場面では物語現在が現在となっており、決して回想して語っているわけではない。物語は一文ごとに漸進的に進み、その時点での描写も詳細で、要約的でも説明的でもない。

論理的に考えれば、既に起こったことしか語れないのだから、物語と過去は相性がいい。よって、枠組みとして物語が過去の出来事であることを明示することは多い。昔話は「むかしむかし」と始まるし、源氏物語も「いづれの御時にか」と始まる。しかし、枠組みとしては過去のことにしていても、物語が始まるや否や、そこが現在になってしまい、もはや回顧でないことが多い。『舞姫』の場合、太田豊太郎の変化が主題となっているので、単に枠が与えられているわけではないが、一点からの回想と考えてしまっても小説言語の細かいところを取り逃がす、もしくは誤解する可能性があるので、注意が必要だろう。

芥川『南京の基督』の誤解

枠もない物語の場合にはなおさら、「語りの現在」から過去のことを語っていると考えると誤りに陥りやすい。

或秋の夜半であった。南京奇望街の或家の一間には、色の蒼ざめた支那の少女が一人、古びた卓の上に頬杖をついて、盆に入れた西瓜の種を退屈そうに噛み破っていた。

卓の上には置きランプが、うす暗い光を放っていた。その光は部屋の中を明くすると云うよりも、寧ろ一層陰鬱な効果を与えるのに力があった。壁紙の剝げかかった部屋の隅には、毛布のはみ出した籐の寝台が、埃臭そうな帷を垂らしていた。それから卓の向うには、これも古びた椅子が一脚、まるで忘れられたように置き捨ててあった。が、その外は何処を見ても、装飾らしい家具の類なぞは何一つ見当らなかった。

(…………)

今夜も彼女はこの卓に倚って、長い間ぼんやり坐っていた。が、不相変彼女の部屋へは、客の来るけはいも見えなかった。その内に夜は遠慮なく更け渡って、彼女の耳にはいる音と云っては、唯何処かで鳴いている蟋蟀の声ばかりになった。

(芥川龍之介『南京の基督』)

冒頭で「或秋の夜半であった。」とあるからと言って、語り手が同一時間軸上にある過去のある時点を語り始めているわけではない。ここを物語現在として導入しているのである。しばしば、次に「今夜も」と出てくることによって、「臨場感のある語りになっている」というような誤った指摘がなされる。日本語ではある時点が設定されてからはその場が「今」とされるのである。この『南京の基督』の引用部分は「今夜」とはあっても臨場感は感じない。臨場感は語りの速度が遅い場合や、直接話法が多い場合、また登場人物の内面が多く語られる場合などに生じる。内面が多く語られるとなぜ臨場感が出るかについては、次章以降で詳しく見ることにする。

ここまで、日本語の例で考えているが、物語現在が現在として語られるのは、英語などその他の言語でも同じである。過去形が使われていることが多いものの、語られているその場面が詳細に描かれる。

物語現在が現在であるのは、映画ではよりわかりやすい。『タイタニック』は、タイタニック号の事故で生き残った老婆が過去を語るという枠を持ってはいるが、あくまでもその若いころのシーンが現在として映し出される。

全て言葉で語る小説などの形式は、回想方式を取りやすいし、物語を要約的に進めることもしやすいが、映画や演劇の場合には、ある物語現在を再現する以外の方法を取ることは難しい（アンゲロプロス監督の映画など極めてまれな例外はあるが）。本書では詳述しないが、ジュネットの理論でも、語りの位置は物語世界外からは超越した位置の点とされており、「語りの現在」から「過去」を同一時間軸に並べてはいない。

言文一致運動と「過去形」

このように、日本語では物語現在を現在として語るが、その際に「た」を使用する。「た」は通常は過去形と考えられるが、物語現在的語りの場合、過去の意味はない。なぜこのような語り方をするようになったのだろうか。

明治時代以前の古文を見ればすぐにわかるが、物語は基本的に過去形では語っていない。日本語では物語現在が現在としてずっと語られてきたのである。現在の「た」を基調とする物語文体は明治期に作りあげられたものと考えられる。

明治二十年代、それまでの文章語と口語を一致させようという言文一致運動が起こり、さまざまな実践がなされた。なかでも初期のものとして有名なのが、二葉亭四迷の『浮雲』である。その浮雲冒頭部分は、次のようである。

> 千早振る神無月も最早跡二日の余波となッた廿八日の午後三時頃に神田見附の内より塗渡る蟻、散る蜘蛛の子とうようよぞよぞよ沸出で来るのは孰れも顋を気にし給ふ方々、しかし熟々見て篤と点検すると是れにも種々種類のあるもので、まず髭から書立てれば口髭頬髯顋の鬚、暴に興起した拿破崙髭に狆の口めいた比斯馬克髭、そのほか矮鶏髭、貉髭、ありやなしやの幻の髭と濃くも淡くもいろいろに生分る　髭に続いて差ひのあるのは服飾　白木屋仕込みの黒物ずくめには仏蘭西皮の靴の配偶はありうち、これを召す方様の鼻毛ハ延びて蜻蛉をも釣るべしという

四迷は『浮雲』第一篇を書くにあたって、江戸時代の滑稽本や、円朝の落語の語り方を参照にしたと言われている。その大きな特徴は作者（語り手）が主体的に語っていることである。そして語り手は、漸進的に進む場面を外側から解説しているようである。

やはり、無声映画時代の弁士とスクリーンに浮かぶ映像の関係に近い。弁士は映像が漸進的に進んでいくと同時に語るが、『浮雲』の語り手も物語世界を目の前にある対象物として扱い、語っている

ようである。

二葉亭四迷の翻訳の文体

これが四迷の最初の実践であった。しかし、西洋の小説では、物語世界が客観的に語られているようであり、『浮雲』第一篇のように語り手がでしゃばってはいなかった。その語り方を、四迷はロシア語の翻訳から学んでいく。四迷の翻訳したツルゲーネフの小説『あひゞき』の冒頭部分は次のとおりである。

秋九月中旬といふころ、一日自分がさる樺の林の中に座してゐたことが有ツた。今朝から小雨が降りそゝぎ、その晴れ間にはおりおり生ま煖かな日かげも射して、まことに気まぐれな空ら合ひ。あわあわしい白ら雲が空ら一面に棚引くかと思ふと、フトまたあちこち瞬く間雲切れがして、無理に押し分けたやうな雲間から澄みて怜悧し気に見える人の眼の如くに朗かに晴れた蒼空がのぞかれた。自分は座して、四顧して、そして耳を傾けてゐた。木の葉が頭上で幽かに戦いだが、その音を聞たばかりでも季節は知られた。

（二葉亭四迷訳『あひゞき』）

現在普通に使われている物語文に近いので、『浮雲』第一篇冒頭部分に比べてずいぶん読みやすい。文末に注目してみると、一貫して「た」が使用されている。ロシア語の原文が過去形を使用しているので、日本語でも「た」を使用したのだと思われる。

ところが四迷は、過去形を使用していながらも、翻訳するときには依然として回顧する意識ではなかったのではないかと考えられる。というのも、ロシア語原文を直訳すれば「その日の朝から」になるはずのところを「今朝から小雨が降りそゝぎ」と訳しているからである。

つまり四迷は、樺の林の中に座っている時点を「現在」として翻訳しているのである。「た」を使用していながら過去になっていない。

四迷の意識として、物語現在を「現在」として翻訳したのだろうというのは、この小説の改訳版をみるとよくわかる。

秋は九月中旬の事で、一日自分がさる樺林の中に坐つてゐたことが有つた。朝から小雨が降つて、その霽間にはをりをり生煖な日景も射すといふ気紛れな空合である。耐力の無い白雲が一面に空を蔽ふかとすれば、ふとまた彼処此処一寸雲切れがして、その間から朗に晴れた蒼空が美しい利口さうな眼のやうに見える。自分は坐つて、四方を顧眄して、耳を傾けてゐると、つい頭の上で木の葉が幽に戦いでゐたが、それを聞いたばかりでも時節は知れた。

この改訳版では、文末に「た」が使われている例と、「空合である」「眼のやうに見える」のように非過去形が使われる例が混淆している。最初から過去のことを語っている意識ではないために、非過去形が使われるのだろう。この語り方は、ほぼ現在の書き方と同じである。「た」が使用されることによって、物語は客観的に感じられるようになったが、過去を語っているわけではない。

四迷は、『あひゞき』の翻訳にともない、文体を変えた。『浮雲』第一篇は語り手が目の前の物語世界を解説しているような感じであったが、第二篇、第三篇となるにつれて文末に「た」を使用する例が増えている。しかし、語る位置は『浮雲』第一篇と変わったわけではない。同様に目の前にある物語世界を語っている。日本語では古典の時代から現在に至るまで、物語現在を現在として語ってきたのである。

その後、「た」を使う形と使わない形が織り交ぜられた文体が使われるようになった。その両方の形が使われることについては、これまで規則が明確にはされていなかった。しかし、私たちは日本語で語る際に無意識のうちにどちらかを選択している。その選択の仕方には、実は基準がある。これ以上はかなり専門的な議論になってしまうので、拙著『物語における時間と話法の比較詩学―日本語と中国語からのナラトロジー』を参照して欲しい。

第三章　視点と語り手

誰が語り、誰が見るのか

物語は誰か特定の人物の視点から描かれることが多い。どのような視点から描いていくかによっても、物語の印象は大きく異なる。まず、次の文から見てみよう。

> 要するに、彼（注：ジュリヤン）はかなり評判を取り戻しつつあったわけだが、ある朝、だれかの手で目隠しされ、びっくりして目を覚ました。
> レナール夫人だった。
>
> （『赤と黒』）

この文は誰の視点から語られたものだろうか。「だれかの手で目隠しされ」と言っているので、これは驚いて目を覚ました主人公、ジュリヤンの見方から書かれている文である。次の「レナール夫人だった」も自分を目隠しした人物がレナール夫人であったことにジュリヤンが気付いたことを表している。これを試みにレナール夫人の視点からに書き換えたらどのようになるだろうか。

部屋でジュリヤンが安心して眠っていたので、レナール夫人はふざけて目隠ししてみた。すると、ジュリヤンはびっくりして目を覚まし、それが彼女であることに気づいた。

このように比較してみると、視点の取り方の違いがわかるだろう。では、これらの文の**語り手**は誰だろうか。元の文は、ジュリヤンの視点から語られているが、ジュリヤンはあくまでも三人称で示されており、語り手ではない。レナール夫人の視点から書いた文も、語り手はあくまでも物語世界の外側に位置している語り手である。では次の例はどうだろうか。

コスガさんは仏壇から離れて私のところにやってきた。私の顎をてのひらで何回か撫でた。動物を撫でるようなやり方だった。
「サナダさん、少し変わってきたね」そう言いながら、さらに撫でる。（川上弘美『蛇を踏む』）

この例では、「私」の目線から「コスガさん」の様子が描かれている。よって「視点」は「私」にある。また同時に、物語世界内部の登場人物「私」が語り手にもなっている。

ジュネット以前の理論では、この「見ている誰か」、すなわち誰の視点から書かれているのかという問題と、「語っているのは誰か」、すなわち語り手の問題が混同されて議論されていた。ジュネットはこの「誰が語るのか」と「誰が見るのか」を分けて考えた。『物語のディスクール』では第四章の「叙法」と第五章の「態」が「視点」と「語り手」に関する議論になっている。それぞれ、見ていこう。

バルトの視点論

ジュネット以前の理論として、バルトの視点論をまず取りあげよう。バルトの『物語の構造分析序説』では、語り手が物語を語ることについて、**人称法**と**無人称法**に分けている。

まず、次の文を見てみよう。

> 彼（ジェームズ・ボンド）はまだ若々しい様子をした五十歳くらいの男を認めた。

「五十歳くらいの男」は、「彼（ジェームズ・ボンド）」から見て、よく知らない人物なので、曖昧な書き方になっている。つまりこの文は「彼」の視点から書かれている。とはいえ、この文はボンドを三人称「彼」と呼んでいるため、語っているのは語り手である。しかしバルトは次のように書いている。

> 物語行為（または語り手のコード）は、言語ともまた同じように、二つの記号体系しか知らない。つまり、人称法と無人称法とである。（中略）三人称で書かれていても、その真の審級が一人称であるような物語、または少なくとも挿話が存在しうる。（中略）たとえば、《彼はまだ若々しい様子をした五十歳くらいの男を認めた、云々》という文は、彼で書かれているにもかかわらず、完全に人称的である（《わたし、ジェームズ・ボンドは認めた、云々》）。
>
> （『物語の構造分析序説』）

ここでバルトは、「彼」を「わたし」に言い換えることが可能だというのである。これはどういうことか。論理的に考えると、人物の内面や、人物の目線から知りうることは、当該の人物にしか知りえないことである。とすれば、人物に視点がある＝人物が語っている、という図式を立てることができる。つまり、バルトは、視点人物の問題と語り手の問題を区別していない。特定の人物の語りであるか、それともその人物の視点からの語りであるかすれば、どちらも「人称法」と呼んでいるのである。

しかし、現実の会話とは異なり、物語の語り手は自由に人物の内面に入り込み、語ることができる。ボンドを「彼」と呼んでいる以上、ボンドではない誰かが、ボンドについて語っているはずだ。とすれば、「誰が見ているのか」という視点の問題と「誰が語っているのか」という語り手の問題を同一視するべきではない。そこでジュネットの『物語のディスクール』第四章と第五章では、これらを分けて考察したのである。

叙法とは何か

ジュネットの『物語のディスクール』の第四章は「叙法」というタイトルになっている。「叙法」とは文法用語であり、単に「法」とも訳される。「法助動詞」「仮定法」などといった時の、「法」のことである。

「法助動詞」とは、英語では will や must、should、can などといった、いわゆる「助動詞」のことである。これらは話し手の心的態度を表すもの、つまり主観的な気分を表す。「仮定法」とは、「事実ではないけれども」と、話し手がありえないこととして使うものであり、やはり話者の主観的な判断を表す。

つまり、文法用語としての「法」とは、ある事実を話し手がどういう心的態度で語るか、ということで、ジュネットはこの概念を拡大して物語に転用した。つまり、ある客観的な事実を、語り手がどのような態度で語るのか、ということである。その物語の法(『物語のディスクール』の日本語訳では「叙法」)とは、次の二点に集約される。

①人は自分が物語る対象をより多く物語ることもより少なく物語ることもできる。
②その対象をあれやこれやの視点から物語ることができる。

①は分かりやすく言えば、詳細に語ることもできるし、詳しく語らずに要約的に語ることもできるということである。この「詳細に語る/語らない」が叙法の第一の要素である。

そして、第二の要素が「対象をあれやこれやの視点から物語る」、つまり「視点」の問題である。

まず、第一の要素「詳細に語る/語らない」について考えてみよう。この区別は、古くはギリシャ時代、プラトンにさかのぼる。プラトンは物語の語り方を、ミメーシスとディエゲーシスに区別した。

ディエゲーシスとは、ギリシャ語の「語る」を意味する言葉で、「語り手が語るもの」の意味、ミメーシスとは英語のmimicにつながる言葉で、「模倣をする」という意味である。

つまり、語り手が要約的に筋を語るのがディエゲーシス、演劇的にできるだけそのシーンを再現しようとするのがミメーシスで、次のようにまとめることができる。

ディエゲーシス　⇓　要約的　⇓　詳細ではない
ミメーシス　⇓　再現的　⇓　詳細

この違いを、十九世紀に作家のヘンリー＝ジェイムズが再び理論化した。ヘンリー＝ジェイムズはディエゲーシスとミメーシスの違いをtellingとshowingと呼んだ。語り手が自分の言葉でまとめてしまうのがtelling、できるだけその場面を映すように描こうとするのがshowingである。

ミメーシス的な小説の例としてよく出されるヘミングウェイの短編小説『殺し屋』から、例を見てみよう。


ヘンリーズ・ランチルームのドアがあいて、二人の男が入ってきた。二人とも、カウンターの席に腰を下ろした。

「何にします？」ジョージが訊いた。

「さあてと」一人が言った。「何を食いたい、アル？」

「さあな」アルが言った。「何を食うかな」

外は薄暗くなりかけている。窓の外の街灯がともった。カウンターの二人の男は、メニューに目を走らせた。ニック・アダムズは、カウンターの反対の端から二人を眺めていた。彼らが入ってきたとき、ニックはちょうどジョージと話している最中だったのだ。

（ヘミングウェイ『殺し屋』）

『殺し屋』は、バーにやって来た男たちの行動とそのセリフだけから構成されており、その場にカメラが置いてあるかのように叙述されている。できるだけ物語現在の場をそのまま表現しようとしているため、ミメーシス（showing）の語り方である。同じ文をディエゲーシス的にパラフレーズすることを考えてみよう。

ヘンリーズ・ランチルームに二人の男がやってきて、席に着き、メニューを見ながら何を食べるか考えた。ニック・アダムズはカウンターの反対の端から、二人を眺めていた。彼らが入ってきたとき、ニックはちょうどジョージと話している最中だったのだ。

まとめれば、場面を詳細に描けば描くほどミメーシス的になるし、逆に要約的に書けば書くほどディエゲーシス的になる。この区別は先に見た叙述の速度にも対応する。叙述の速度が速ければディエゲーシス的、逆に遅ければミメーシス的になる。

ところで、ミメーシスとは本来演劇的再現を表す言葉であった。しかし、演劇や映画とは異なり、小説などではそのまま写すことはできない。このため、厳密なミメーシスは不可能なので、どのくらいミメーシスらしく見せるかの違いとなる。

セリフ表現の分類

前章で物語の時間について述べた際、回顧的に語られる場合には要約的になり、直接話法の使用が激減すると述べた。直接話法とは、物語現在に属する人物のセリフをそのまま表したものだからであった。つまり直接話法は、物語の現在で起こる事柄をそのまま表すので、ミメーシス的な語り方である。ジュネットは人物のセリフの表し方に、ディエゲーシスとミメーシスの違いがよく表れているとし、次のように分類した。

①語られた言説
私は母に、アルベルチーヌと結婚する決意を伝えた。

②間接話法
私はどうしてもアルベルチーヌと結婚しなければならないのだ、と私は母に言った。

③直接話法
私は母にこう言った。「私はどうしてもアルベルチーヌと結婚しなければならないのだ」

①では語り手が人物のセリフを完全に要約して語っているものなのでディエゲーシス的、②の間接話法では語り手が語っているものの、人物の語ったセリフが表されているのでややミメーシス的、そして最後の③直接話法が最もミメーシス的である。

距離と臨場感

物語をミメーシス的に、その場に居あわせるように書くと、臨場感が生まれやすい。一方、要約的に書けば書くほど、物語世界とは隔てられているように感じられる。そこで、ジュネットはディエゲーシスとミメーシスの区別を**距離**という概念で表している。臨場感のあるミメーシス的な語り方ほど距離が近く、ディエゲーシス的であるほど距離が離れている。次の例を見よう。

改札を抜けて、清掃中の濡れた床に注意しながら日比谷公園出口へ向かった。まっすぐに延びる地下通路の天井は低く、歩けば歩くほど自分の身長が縮んでいくように思える。途中、振り返ってみたが、一緒に電車を降りたはずの女の姿はそこになかった。日比谷線の車内でちょっとしたハプニングが起こった。しばらく霞ヶ関駅に停車していた電車が、説明のアナウンスも特にないまま空調を切り、まったく動かなくなってしまったのだ。場所が場所だけに何か異臭がしないかと辺りを嗅ぎ回りたくもなる。どれくらい停まっていたのか、ぼくはドアに凭れたまま、ガラス窓の向こうに見える日本臓器移植ネットワークの広告をぼんやりと眺めていた。

（吉田修一『パーク・ライフ』）

この文では、主人公＝語り手の動きにともない、周囲が生き生きと描写されており、いかにもその場にいるかのような気がする。

また臨場感は、次に述べる視点の取り方とも密接な関係がある。特に日本語では、物語世界内の人物に成り代わるようにして語られることが多く、その場合、距離がなくなる。

ここで間接話法、直接話法という用語が出てきたが、語り手と距離の問題は話法の問題と密接な関係がある。特に自由間接話法という話法が多く議論されてきた。話法をめぐる問題については、次章で改めて見ていくことにしよう。

パースペクティヴと焦点化

叙法の問題としてジュネットが次にあげているのが、パースペクティヴである。パースペクティヴという語を分析するとper（〜を通して）spective（見る）となり、「あるポイントからの見方」を表す。現在の物語では、視点の取り方も多様になっている。

例えば、『シャーロック・ホームズ』を見てみよう。

考えれば考えるほど、その男が毒殺されたのだというホームズの仮説は、非凡なものだと思われた。私の記憶によれば、彼はたしかに死体の唇の匂いを嗅いでいたのだから、彼の心にそのことがひらめいてくるだけの、何かの証跡はあったにちがいない。それに死体には外傷も絞殺のあともなかったのだから、もし毒殺でないとしたら、ほかに死の原因が考えられない。しかし一方では、毒殺だとすると、こんどは床の上にあんなに多量に流れていた血は、だれのものなのか。現場には格闘をしたあともなかったし、被害者が相手を傷つけたと思われるような武器も見あたらなかった。こうしたかずかずの疑問が解決しないかぎり、ホームズにしても、私にしても、やすやすと眠れるものではないと思った。しかし私は、ホームズの自信にみちたおちついた態度を思い出して、私には、ほんのこれぽっちも見当がつかないけれど、彼の胸にはすでにこれらすべての事実にかんする説明ができあがっているのは、たしかと思われた。

（コナン・ドイル『緋色の研究』）

ここでの「私」は語り手＝登場人物のワトスンである。『シャーロック・ホームズ』の視点は、語り手であるワトスンに制限されているため、ホームズの考えていることは一切明らかにされない。読者はワトスンの観察から事件のあらましを推測することになり、最後ホームズが事件の謎解きをする構図になっている。ホームズの考えが途中でわかってしまうと、極端な話、途中で犯人が分かってしまうので、このような視点の取り方になっているのである。

このようにある人物の視点を完全に制限して語る方式は、伝統的な日本や中国の物語にはあまりなかった。一人称の語り手が登場する物語はあったが、語り手が知っているはずがない出来事も語られるのが通例であった。その点、森鷗外の『舞姫』は一人称で語る人物、太田豊太郎に視点が制限されており、近代小説の形になっている。中国でも二十世紀になって『シャーロック・ホームズ』が入って来てから視点を制限するという方式が使われるようになったと言われている。

視点の取り方は大きなテーマとなるが、ジュネットは「視点」という語をやめ、「焦点化」という語を採用した。特定の人物の角度からの語りには「見る」以外の感覚、例えば「聞こえた」「感じた」「匂った」などさまざまある。それらを一括して「焦点化」という用語にした。

外的焦点化と内的焦点化

この焦点化は、二種類に大別することができる。

①ある人物からの物の見方が反映される場合

②人物の内面が表される場合

まず、一つ目のタイプの焦点化を見てみよう。

千重子と真一とは岸をめぐって、小暗い木下路にはいった。若葉の匂いと、しめった土の匂いがした。その細い木下路は短かった。前の池よりも広い池の庭が、明るくひらけた。岸べの紅しだれ桜の花が、水にもうつって目を明るくする。外人の観光客たちも、桜を写真に取っていた。

（川端康成『古都』）

この文では、「若葉の匂いと、しめった土の匂い」がするのは登場人物の千重子と真一の知覚に沿っている。その後の叙述も、千重子と真一の移動に伴って語られている。これが第一のタイプの焦点化である。次に②の例を見よう。

声が沈まると、参木は部屋の中を見廻した。――此の部屋の中で、競子は育った。此の部屋の中で、彼女を愛した。そうして、自分は此の部屋の中で、幾度び彼女の結婚のために死を決したことだろう。それに、今は、此の部屋の中で、競子の兄から自分が生き続けるための生活を与えられようとしているのだ。何のために？　ただ彼女の良人の死ぬことを待つために。

（横光利一『上海』）

この引用例では、「参木は部屋の中を見廻した」から先の傍線部で、参木の内面が表されている。このように、内面が表されている例、および、ある人物の視点（知覚）から語られている例を**内的焦点化**と呼ぶ。

『シャーロック・ホームズ』では、ワトスンの角度から語っているし、その内面が語られているから、ワトスンに内的焦点化されていることになる。一方、「彼は顔をゆがめた」というような文であれば、「彼」が顔をゆがめたという外的に観察されることが報告されるだけである。このように、外側から見られる例を**外的焦点化**と呼ぶ。『シャーロック・ホームズ』では、ホームズは、一貫して外的焦点化されている。
　これを踏まえてジュネットは、物語における焦点化の仕方について、タイプ分けをした。まず、古典小説のように、視点が特定の人物に制限されていないタイプの物語が挙げられる。特定の人物に視点が制限されていないタイプの物語を非焦点化、または焦点化ゼロの物語言説とジュネットは呼ぶ。さまざまな人物に内的焦点化されうるということである。

『藪の中』は「内的多元的焦点化」

　一方、近現代の物語では、特定の人物にのみ内的焦点化して語る場合が多い。特定の人物に内的焦点化するタイプを、ジュネットはさらに三つの類型に分ける。

①内的固定焦点化
　ある特定の人物ひとりに焦点化を固定するタイプである。『シャーロック・ホームズ』はワトスンに焦点化がずっと固定されているし、『舞姫』も太田豊太郎に固定されているので、このタイプである。

②内的不定焦点化
　焦点化する人物は固定されているものの、途中でその固定されている人物が変わるタイプである。
　フローベールの『ボヴァリー夫人』では、まずシャルル・ボヴァリーの生い立ちが語られる。親の勧めるままに未亡人を妻として迎えた彼は、その妻を亡くし、気落ちしている。そんな折にエンマと出会い、恋をし、求婚することになるが、そのあらましは一貫してシャルルの視点から語られる。シャルルと結婚したエンマだったが、やがてその暮らしに不満を持つようになる。そのあたりになると、今度はシャルルの視点ではなく、エンマの視点から描かれるようになる。つまり、固定されている視点人物が変化しているのである。

ただし、『ボヴァリー夫人』はそのままエンマの視点から描かれ続けるわけではなく、またシャルルの視点からの語りに戻る。つまり、シャルルに焦点化を固定している部分と、エンマに焦点化を固定している部分が交互に現れる構造になっている。これが第二のタイプである。

③内的多元焦点化

同一の出来事に対してさまざまな視点から語るタイプの物語で、最もわかりやすいのは芥川龍之介の『藪の中』だろう。ジュネットも『藪の中』を元にして黒澤明が映画化した『羅生門』を例として挙げている。

『藪の中』は次のような形式になっている。

検非違使に問われたる木樵りの物語

さようでございます。あの死骸を見つけたのは、わたしに違いございません。わたしは今朝いつもの通り、裏山の杉を伐りに参りました。すると山陰の藪の中に、あの死骸があったのでございます。あった処でございますか？　それは山科の駅路からは、四五町ほど隔たって居りましょう。竹の中に痩せ杉の交《まじ》った、人気のない所でございます。……

検非違使に問われたる旅法師の物語

あの死骸の男には、確かに昨日遇《あ》って居ります。昨日の、――さあ、午頃でございましょう。場所は関山から山科へ、参ろうと云う途中でございます。あの男は馬に乗った女と一しょに、関山の方へ歩いて参りました。……

検非違使に問われたる放免の物語

わたしが搦《から》め取った男でございますか？　これは確かに多襄丸と云う、名高い盗人でございます。もっともわたしが搦め取った時には、馬から落ちたのでございましょう、粟田口の石橋の上に、うんうん呻って居りました。時刻でございますか？……

以上でわかるとおり、『藪の中』は、事件に関わっていると思われる人物たち（木樵り、旅法師、放免）がそれぞれ自分の視点から語る形式になっている。この場合には語り手自体も変化しているが、一人称の語り手が替われば、それに応じて視点も変わるのが普通である。

内的焦点化のタイプに続いてジュネットは、どの人物にも焦点化しない外的焦点化タイプの物語を挙げる。既に挙げたヘミングウェイの『殺し屋』がこのタイプに相当し、誰の人物の視点からも語られず、誰の内面も明らかにされない。

物語において、いかなる視点で書くのか、誰の内面を記述するのか、主観的に書くのか客観的に書くのかは、読んだときの印象を大きく変える。ジュネットの焦点化論は、この点を指摘したうえで、分類を施し、後の分析に大きな影響を与えた。ただし、『物語のディスクール』のほかの部分と同様、細かい分類を行うわりには大雑把なものである。

実際の物語では、常に一定の仕方で焦点化が行われるとは限らない。特定の人物に焦点化が固定されている小説でも、人物の知覚とは一切関係のない描写が出てくることもよくあるし、比較的客観的な語りの文であっても、微妙に人物の知覚や内面が表されることはある。細かい部分を観察する表現の分析も同様に考える必要はある。

語られないはずのことが語られる場合

とはいえジュネットが提示しているような、支配的な焦点化の仕方は確かにある。その支配的な焦点化から、少しずらして語ることを、ジュネットは音楽の用語を借りて**変調**と呼んだ。

例えば、『名探偵コナン』では、主人公のコナンに内的焦点化され、その考えていることは見ている人に伝えられるが、肝心の犯人につながる情報になると「まさか」とか、「そうか、あの人が」などと、敢えてぼかした言い方に変わってしまう。

ジュネットは、変調の一種としてもう一つ、冗説法を挙げる。これは本来ならば語られないはずのものが語られるタイプの物をいう。『悪童日記』からそう呼びうる例を見てみよう。

乞食の練習

ぼくらは待ち続ける。

婦人が通りがかる。ぼくらは手を差し出す。彼女が言う。

「かわいそうにね……。私には、あげられるものが何ひとつないのよ」

彼女は、ぼくらの髪をやさしく撫でてくれる。

ぼくらは言う。

「ありがとう」

（中略）

「ろくでもない不良の子たちだわ！　おまけに、生意気なこと！」

帰路、ぼくらは道端に生い茂る草むらの中に、林檎とビスケットとチョコレートと硬貨を投げ捨てる。

髪に受けた愛撫だけは、捨てることができない。


（アゴタ・クリストフ『悪童日記』）

『悪童日記』は、出来事を極めて客観的に語る。この部分では、主人公の「ぼくら」が乞食のまねごとをしているが、やはり基本的に主観的ではなく客観的に語られている。しかし、この翻訳文を観察すると、二ヵ所、人物の内面が出てきてしまっているようである。一つ目は「彼女は、ぼくらの髪をやさしく撫でてくれる。」の「くれる」である。「くれる」には主人公たちの価値判断が入っており、完全に客観的とは言えないようである。ただし、これは日本語の翻訳文の話であり、原文を直訳すると「ぼくらの髪をやさしく撫でる」となり、あくまで客観的な事実の評価しか行っていない。

ところが、傍線をつけた最後の文は違う。乞食のまねごとから帰る時、「ぼくら」はもらったお金や食べ物を捨てるが、「髪に受けた愛撫だけは、捨てることができない。」と語られており、やさしさを感じた人物の気持ちが表されてしまっている。

『悪童日記』は、全体として感情表現が排除されているだけでなく、「ぼくら」は最後まで残酷な存在である。その中にあって、この一文だけにおいて内的焦点化され、「やさしさ」を感じたことが報告されているのである。この一文だけが周りと異なることによって、効果が達成されているのであり、変調をうまく利用した例と言えるだろう。

焦点化の問題は物語において重要であるため、ジュネット以降も批評の中でしばしば受け継がれることになった。また、ジュネットの理論はやや大雑把であったため、後の理論ではさらに細かく焦点化のあり方が議論されることになった。

それらの議論を整理すれば、物語世界に現れる人物や事物は、語り手によって外から客観的に描かれる場合（語り手による外的焦点化）、人物の内面が描き出される場合（人物に対する内的焦点化）、ある人物のパースペクティヴを通して別の事物や人物を外から描き出す場合の三パターンが大枠で存在する。

本来ならば、他人の内面は究極的には知りえないが、物語では人物に自由に焦点化して語ることができる。これは物語の特権であり、本質的な要素と言ってもいいだろう。

態、すなわち「語り手」の理論

ジュネットの理論で最後に登場するのが『物語のディスクール』第五章の「態」である。態はフランス語ではvoixで、英語ではvoiceにあたる。英語のvoiceは文法用語としては「態」と訳されるが、通常は「声」と訳す語である。つまり第五章は誰が語っているかという「声」の問題であり、「語り手」をめぐる理論となっている。

ジュネットの理論の特徴は、それまでの「物語言説／物語内容」の区別、つまり「形式／内容」の区別に、「物語行為」のレベルを導入したことにあった。「態」の項目で分析されているのは、この「物語行為」を行う「語り手」の問題である。

語りの審級

物語世界の内部には、登場人物たちがいて、その物語世界を語り手が語る。地の文は語り手が語っているが、登場人物たちも自分たちの言葉を話す。先ほど見たヘミングウェイの『殺し屋』の文をもう一度見てみよう。

ヘンリーズ・ランチルームのドアがあいて、二人の男が入ってきた。二人とも、カウンターの席に腰を下ろした。

「何にします?」ジョージが訊いた。

「さあてと」一人が言った。「何を食いたい、アル?」

「さあな」アルが言った。「何を食うかな」


「ヘンリーズ・ランチルームのドアがあいて」から二文目までは、地の文であり、語り手が語っている。しかし、その「語り手」は物語世界の内部には登場しない。一方、「何にします?」「さあてと」「さあな」などは登場人物のセリフである。

漱石の『こころ』は、次のように「私」の語りから始まる。


私はその人を常に先生と呼んでいた。だからここでもただ先生と書くだけで本名は打ち明けない。これは世間を憚かる遠慮というよりも、その方が私にとって自然だからである。


この場合、語り手「私」は物語世界内に登場する人物でもある。また、『こころ』の後半は大半が「先生」の遺書になっており、「先生」による一人称の語りである。

このように、語りが三人称なのか、一人称なのか、一人称だとすればその人物は誰か、あるいは登場人物のセリフか、といった「誰が語っているのか」が物語では問題となる。ジュネットはこれを「語りの審級」という用語で表している。「審級」という用語はややわかりにくいかもしれない。元々のフランス語では instance であり、この語には「決定する権限をもつ機関」の意味がある。つまり、「語りの審級」とは簡単に言えば「その言葉を発する権限を持つところ」の意味であり、要するに「誰が語っているのか」ということである。

語りの時間、語りの水準

ジュネットは「語りの審級」という用語を導入したうえで、「語りの時間」と「語りの水準」について説明している。「語りの時間」とは、語り手が語っている位置と、語られている物語の時間関係であるが、これに関してはすでに前章で簡単に見た。ジュネットは、その位置関係をフランス語や英語等が持つ動詞の時制から分析しており、過去形ならば過去にあったことを、現在形ならば現在のことを、未来形ならば未来のことを語っているとしているのであった。

とはいえ、語りの位置は、物語世界とは次元が異なる点もすでに指摘した。**語りの次元**についてジュネットは、**「語りの水準」**という用語で表している。では「語りの水準」とはいかなるものだろうか。

メタ物語——物語内の物語

物語によっては、物語世界内部の登場人物が語り手に代わり、さらに物語を語る場合がある。これをメタ物語という。物語内の物語と言ってもいいだろう。『高野聖』は、最初に「私」と「上人」が出会い、「上人」が物語を語っているが、この「上人」によって語られるのがメタ物語である。

最初の物語を第一次物語言説と呼ぶ。メタ物語を第二次物語言説と呼ぶ。『高野聖』で言えば、「私」と「上人」が出会うのが第一次物語言説、「上人」によって語られる物語が第二次物語言説である。このような「第一次物語言説」「第二次物語言説」といったレベルの差がすなわち「語りの水準」である。

メタ物語に関して、ジュネットは例によって細かい分類を施している。漱石の『こころ』の後半は「先生」の遺書がメタ物語を形成しているが、元の物語とどのような関係にあるだろうか。「遺書」が語る物語は、「先生」がなぜ自殺したのかその理由を明らかにしている。このように、メタ物語が第一次物語言説を説明するために導入されているのが、第一のタイプで、メタ物語と最初の物語の間に密接な関係がある。

これに対して第二のタイプは、最初の物語とメタ物語が時間的・空間的には関係のないタイプである。第二のタイプは**対照**の関係か**類似**の関係を取るという。例えばにぎやかな婚礼の場面で、不幸なメタ物語が語られるとすると、第一次物語言説と正反対のメタ物語を挿入しているので、両者を対照させていることになる。類似関係とは、今語られている出来事に類似した別の物語を語り、対比させるものである。中国語で書く作家として最初のノーベル文学賞を受賞した作家、高行健の代表作『霊山』から例を見る。

おまえは言う、これらはみな、石工たちがおまえに言ったことだ。おまえは採石場の宿舎で石工と共に夜を過ごし、彼らと酒を酌み交わし、一晩女の話をした。彼女をつれてあのような場所で夜を過ごすことはできないとおまえは言う。女が行けば、身の安全は保障できない。このような石工を抑えられるのは朱花婆だけだ。（中略）彼らが言うには、あるとき、三人の契りで結ばれた義兄弟が、この話を信じず、山道で朱花婆にあい、邪な気持ちを起こした。若い男三人で一人の女をものにできないはずはない。三人は申し合わせ、一度におそいかかり、朱花婆を洞窟の中にむりやり引っ張っていった。彼女は女だから、三人の大きな男にはかなわない。二人が事を終え、一番年下の弟に回ってきた。朱花婆は懇願した。善には善の報いが、悪には悪の報いがある、おまえは年が若いのだから、二人の真似をして罪を犯さないで、私のいうことをきいて見逃してくれたら、秘法をおしえてあげるわ、いずれきっと役に立つわよ。じきにまともに女の子を娶って、幸せに日々を過ごせるでしょう。

（高行健『霊山』）

『霊山』では、登場人物の「おまえ」と「彼女」が山を巡る旅に出ているが、その途中で「おまえ」は「彼女」にむかってさまざまなメタ物語を語る。引用したメタ物語は、山道で起こった恐ろしい出来事の話であるが、そういう恐ろしい出来事が、旅をしている「彼女」にも起こりうるかもしれないことを「おまえ」が示している。このようなタイプが、類似の関係である。

第三のタイプは、両者が関係ないタイプである。ジュネットはこのタイプとして『千夜一夜物語』を挙げる。『千夜一夜物語』の第一次物語言説では、王が妃の不倫を知り、女性不信に陥ってしまう。そして、国中から処女を連れて来させて一晩交わった上で、殺すことを繰り返す。その行為を止めさせるため、シャハラザードが王のもとへ嫁ぐ。シャハラザードは、王に毎日おもしろい物語を語り、続きが気になるようにして殺されることを回避する。こうして語られるメタ物語が千夜一夜物語だが、第一次物語言説（暴虐な王とシャハラザードの物語）とは何の関係もない。ただ王がおもしろがればそれでよいのである。

二十世紀の実験的な小説では、メタ物語を利用したものが少なくない。サミュエル＝ベケットの『マロウンは死ぬ』では、第一次物語言説で登場人物のマロウンがひたすら小説を書くことが語られている。つまりメタ物語を産み出す行為そのものが語られる小説になっている。

先に挙げた高行健の『霊山』では、第一次物語言説において「おまえ」が「彼女」に物語を語っているが、その物語は「石工」から聞いた話である。さらに、その「おまえ」が語る「石工」の話の中に、「朱花婆」のセリフが重ねられているが、カギ括弧をつけていないために、「おまえ」と「石工」の語り、「朱花婆」の語りが混ざり合ってしまう。つまり、語りの水準をわざと混ぜ合わせているのである。これによって、重層的な語りになっている。

語りの水準が変わる転説法

さらに『霊山』では、語っている人物がいつの間にか語られている物語の中に入ってしまったかのようになる場合がある。次の引用部分では、「彼女」が「話して」と「おまえ」に朱花婆の話をねだっている。「おまえ」は朱花婆の話を始めるが、途中から「おまえ」は自分が語っていたはずの物語の中の主人公になってしまう。

話して。

何を?

朱花婆の話をして。

彼女は男を誘惑する、山の中で、暗い山道で、突然道が曲がるところで、それから時として峠の亭で……。

あったことはある?

もちろんあったことはある。彼女は亭の石の腰掛に座っている。亭は山道の途中にあって、山道は亭にある二つの腰掛の間を通っていく。だからこの山道を歩くなら、必ず彼女のそばを通らなくてはならない。水色の木綿の上着を着て、その腰と脇には布のボタンがあって、襟と袖口には白い縁取りで、蠟で染めた頭巾をかぶり、かぶりかたもなかなか粋だ。おまえはおもわず足取りを遅くし、彼女のとなりの石の腰掛にわざと座った。彼女は何事もなかったかのようにおまえをすこし見、けっして振り返らず、薄く赤いくちびるをすぼめている。その真っ黒な眉毛は焼けた柳でかいたようだった。彼女は自分の魅力を知っていて、少しも隠すことがなく、目の中に光って挑発的な色が浮かんでいて、きまりが悪くなるのはたいがい男のほうだ。おまえは最初不安になり、立ち上がろうとした。

最初の数行は、「おまえ」と「彼女」の対話であることが明らかである。ここのポイントとなるのは、「おまえ」の「もちろんあったことはある」というセリフである。これは「彼女」が「あったことはある？」と聞いたことに対する返答であるから、「おまえ」のセリフが続いているようである。ところが、傍線をつけたところあたりでは、語り手としての「おまえ」が見えなくなり、いつのまにか語られている物語の登場人物になってしまっている。つまり、語りの水準が途中から変わってしまっているのである。

このように、語りの水準が変わってしまうことを、ジュネットは転説法と呼んでいる。その例としては、コルタサルの「続いている公園」（『遊戯の終わり』所収）が挙げられている。この作品では、ある人物が小説を読んでいたところ、その小説の主人公に殺されてしまう。小説の中の主人公は、それを読んでいる主人公とは水準の異なる世界にいるはずで、この殺人は起こりえないはずのものだが、その次元の違いが乗り越えられてしまうのである。

人称――語り手はどこにいるか

「誰が語っているのか」という「態」の項目では、一人称の語りなのか三人称の語りなのかもあつかわれる。

物語の多くは、「わたし」で語られる一人称物語か、「彼」「彼女」などで語られる三人称物語のどちらかの形を取る（ごくまれに二人称「あなた」で呼びかけるタイプの小説もある。有名なところではミシェル＝ビュトール『心変わり』、イタロ＝カルビーノ『冬の夜ひとりの旅人が』がある。先に挙げた高行健の

『霊山』も二人称が使われる）。

しかしよくよく考えてみると、「一人称物語」「三人称物語」という分類には不自然な点がある。「一人称物語」とは、「語り手」が一人称であるのに対して、「三人称物語」の「三人称」で指示される人物は、物語の登場人物であり、語り手ではない。

ジュネットの理論では、どんな物語も「語り手」が「聞き手」に語っていることが前提とされている。このため、いわゆる三人称で物語られる物語にも潜在的には一人称の語り手がいると考えた。つまり潜在的にはすべてが「一人称物語」だと考えたのである。ではいわゆる「一人称物語」と「三人称物語」の違いはというと、物語内部に一人称で語る語り手が**登場人物として存在しているかどうかになる。**

例えば『シャーロック・ホームズ』では、一人称の語り手ワトスンがホームズと同じ世界に人物として登場している。

語り手が人物として登場するパターンは、さらに分類されている。まずは、一人称の語り手がそのまま主人公であるパターンで、最も多い。一方、『シャーロック・ホームズ』のように、語り手のワトスンよりも、起こる事件や、それに対するホームズの行動と推理のほうが重要なタイプもある。つまり、語り手＝登場人物は、主人公であるパターンと、観察者であるパターンの二通りが挙げられる。

「誰が語るか」と話法

地の文は基本的には語り手によって語られるものだが、その中で登場人物のセリフや思考、感情などが表されることがある。それらはどのように表されるだろうか。これを表すのが話法である。話法はまず、間接話法と直接話法に分けることができる。

直接話法
He said 'I will come back here to see you again tomorrow'
「明日また会いにくるよ」と彼はいった。
間接話法
He said that he would return there to see her the following day.
次の日彼女に会いに戻ってくると彼はいった。

直接話法では、人物のセリフを引用符号（日本語ではカギ括弧）で括る。その引用符号の前後には伝達節をつける。伝達節とは、「発話者＋伝達動詞」からなる節で、この例で言えばは he が発話者、said が伝達動詞である。日本語では女性言葉や敬語など、誰が喋っているかわかりやすいことも多いため、英語などの言語と比べると、伝達節がない場合も多い。英語などでは、伝達節で発話者を明確にしないと、誰が喋っているのか分かりにくくなりやすいため、比較的多くつけられる。

間接話法とは、語り手が人物のセリフや内面を語ってしまうものである。英語などでは被伝達節の時制と人称を主節に従わせる。このため、主節が he said that であれば、従属節も he would return there というように、三人称と過去形になる。いわゆる「時制の一致」である。

物語において直接話法は、物語現在での発話そのものを表すが、間接話法はそれを語り手が語ってしまうため、通常の地の文に近くなる。

人物のセリフや内面を表す方法は、この二種類だけではない。十九世紀以降の欧米では「自由間接話法」と呼ばれる話法が広く使用されるようになった。また、二十世紀には「自由直接話法」と呼ばれる書き方も使われるようになっている。この両者を見てみよう。

自由直接話法――ジョイス『ユリシーズ』で多用

自由直接話法とは、主に「内的独白」と呼ばれる方法に用いられる話法で、ジェイムズ・ジョイスの『ユリシーズ』で有名になった。これは三人称の地の文の中に、引用符号なしで人物の一人称の発話（特に内面のセリフ）を埋め込んでいくものである。例を見よう。

①The sun was nearing the steeple of George's church. ②Be a warm day I fancy. Specially in these black clothes feel it more. Black conducts reflects (refracts is it?) the heat. But I couldn't go in that light suit. Make a picnic of it. ③His eyelids sank quietly often as he walked in happy warmth.

①朝日がジョージ教会の尖塔に近づいている。②今日は暑くなりそうだ。こんな黒い服を着る

と特に暑さがこたえる、黒は熱を伝導し、反射（屈折だったかな？）する。しかしまさかあの明るい色の服を着ていくわけにも行かない。まるでピクニックのようになる。③幸福な暖かさのなかを歩きながら彼の瞳は何度も静かに閉じた。

（James Joyce, Ulysses、集英社文庫版『ユリシーズ』）

原文を見ると、①の部分は、動詞が was と過去形が使われている。つまり、通常の地の文である。②では、一人称Iが使われており、人物が心の中で発した言葉である（日本語訳ではわかりにくいが）。続く文を見ると、動詞も現在形が使われているのがわかる。つまり、この部分は人物の思考を直接表しているものであり、自由直接話法である。③からは再び三人称と過去形が使われているので、地の文に戻っている。

このように、ジョイス流の自由直接話法では、登場人物の発話（特に内面での思考）と地の文のコントラストがつけられることが多い。換言すれば、語りの審級を「語り手」と「人物」の間で頻繁に入れ替えているのである。

自由間接話法

自由間接話法とは、簡単に言えば形式上は地の文（つまり引用符、伝達節ともにない）でありながら、作中人物の内面を描出しているものである。一例を見る。

He would return there to see her again tomorrow.

彼は明日彼女に会いに戻ってくるだろう。

時制と人称を確認すると、人物を表す三人称と過去形が使われており、基本的には間接話法である。しかし、最後が next day ではなく tomorrow になっているように、登場人物の発話的な要素も残されている。自由直接話法は登場人物の発話や思考を「直接」表出するのに対して、自由間接話法では語り手が登場人物のセリフ・思考を模倣して語る。このため、語り手が語っているようで人物の言葉でもあるようにも感じられる。実に曖昧な話法であり、その曖昧なところに特徴がある。次のように対比させてみよう。

"Am I happy?"　直接話法
She wandered whether she was happy.　間接話法
Was she happy?　自由間接話法

完全なる間接話法では、She wandered whether …のような形になるのに対して、Was she happy? とするのが自由間接話法である。この例のように疑問文が使われるパターン、感嘆文が使われるパターン、would, could など、法助動詞と呼ばれるものが使われるパターンなどがある。疑問や感嘆文は人物が抱くものであり、法助動詞も人物の推測や感情を表すことが多い。このように、人物の発話の要素が盛り込まれている文が自由間接話法であり、主に人物の内的感情を表現する際に使用される。

自由間接話法の効果

自由間接話法は、十九世紀から二十世紀の小説においてさかんに使用されてきている。中でもヴァージニア・ウルフやジェイムズ・ジョイスなど、「意識の流れ」と呼ばれる作風の作家に特徴的である。

自由間接話法はどのように使用されているだろうか。一例として、ヴァージニア・ウルフのものを見てみよう。

For why go back like this to the past? he thought. Why make him think of it again? Why make him suffer, when she had tortured him so infernally? Why?

なぜこのように昔にさかのぼるのか？　と彼は考えた。なぜふたたびそのことを思い出させるのか？　なぜこんなにまで苦しめるのか。もうとっくに地獄のような苦しみを味わわせたというのに。なぜだ？

（Virginia Woolf, Mrs. Dalloway、『ダロウェイ夫人』）

英語などの自由間接話法の効果は、日本語にはなかなか表しにくいが、できるだけ直訳に近い形にしてみた。原文を見てみると、一貫して三人称と過去形が使用されており、地の文の形式であるが、疑問文が使われ、人物の内面が表されている。

ウルフの自由間接話法では、同じ形式を繰り返すことによって人物の感情を表す。リズムが整っており、人物のセリフをそのまま表すのに比べて、語り手によってコントロールされている。引用部分では why が連呼されているほか、why make him が二度繰り返されているのが観察できるだろう。間接的な表現を取ることによって、感情をそのまま出すのではなく、微妙に伝えられ、感情が抑えられているが、それによって詩的な言葉の流れが出来上がり、叙情性が出ている。

また、ウルフの『ダロウェイ夫人』や『灯台へ』などでは、複数の人物の意識が混淆して表される。この際、地の文なのか、それとも自由間接話法であるかが曖昧な文が用いられる。こうすることによって外界と意識との区別が曖昧になる。また、ある人物の思考からまた別の人物の思考に展開させることも多い。さまざまな人物の思考が重なることによって、一つの世界が描き出されるが、この場合、直接話法にしてしまうと曖昧さがなくなり、截然と分かたれてしまう。たゆたうような意識の流れが表されないのである。

ここまで、自由間接話法の用例として挙げたものは英語であった。英語の自由間接話法と同じような形式は、日本語では実現が難しいとされることが多い。日本語訳される場合にも、三人称が一人称に翻訳され、直接話法のようになっていることが少なくない。

日本語に自由間接話法に相当する形式がないと言われるのは、文法の形式が違うからである。実は日本語での語りの審級や焦点化の仕方は、大きく異なる部分がある。

次章で、この問題を取り上げよう。

第四章　日本語の言語習慣

自由間接話法を使用する理由

前章の最後では、自由間接話法について述べたが、日本語では相当するものがないとも言われる。はたして、英語などの言語と日本語では、何がどう違うのだろうか。

英語やフランス語など、ヨーロッパの言語では、常に客観的な位置から物語世界を眺めて語ろうとする。このため内面を書くにも、間接話法で書くのが標準である。

自由間接話法が発達する以前、人物の内面を表す場合には、直接話法を使用したうえで、he said to himself（彼は独り言をいった、彼はひとりごちた）という語をその後に続ける方法がよく使われた。これが日本語訳されると「彼は独り言をいった」のようになるが、実は人物たちは独り言をつぶやいているわけではなく、心の中で思っていることの場合が多い。

つまり、人物の内面を地の文に溶け込ませる形で表す形式はもともと多くなかったのである。そのなかで、比較的「自由」な形で人物の内面のセリフを表すために使われるようになったのが自由間接話法である。

しかし、自由間接話法はあくまでも「間接」話法である。間接話法では、登場人物を外側から客観的に描きつづける。このため、人物の内面とは一定の距離が取られている。

日本語の言語習慣はそうではない。

日本語への自由間接話法の翻訳

自由間接話法はあくまでも間接話法であり、三人称と過去形が使用されるが、その日本語訳では伝統的に、人称を一人称にするだけでなく、人物のセリフのように翻訳し、曖昧さを取り除くことが行われてきた。時には、間接話法ですら人物のセリフに変える処理を行っている。

He wondered from which window Hamilton Rowan had thrown his hat on the haha and had there been flowerbeds at that time under the windows.

ハミルトン・ロウアンはどの窓から、から堀へ帽子を投げたんだろう？　そのころ窓の下に花壇はあったのかしら？

(James Joyce, A portrait of the artist as a young man、『若い芸術家の肖像』新潮文庫)

この例では、he wondered とあり、完全なる間接話法である。直訳すれば「ハミルトン・ロウアンはどの窓からから堀へ帽子を投げたのかと彼は思った」のようになるだろう。しかしこの訳例では「どの窓から、から堀へ帽子を投げたんだろう？」と、人物のセリフに変えて翻訳されている。

なぜこのように訳出されるのだろうか。認知言語学などの研究によって、西洋の言語では、常に状況の外に視点を置いて語ろうとするのに対し、日本語は状況の内部に視点をおきやすい言語であることが判明した。物語でも、物語世界内部の登場人物に成り代わって語ることが多い。視点の取り方の違いを、次の例で見てみよう。

先に触れたドイツ人が理屈っぽいことは、「ぼくは昨夜実験室に行ったが誰もいなかった」と言うと、「お前がいたじゃないか」と言うそうだ。ドイツ人はその場合「ぼくは昨夜実験室へ行ったが、そこにはぼく以外には誰もいなかった」と言うのだそうだ。

（金田一春彦『日本語のこころ』日本エッセイストクラブ）

ドイツ人が本当にそういうのかどうかは定かではないものの、このエピソードは英語等での語りの習慣と、日本語を使用した場合での語りの様相をわかりやすく示している。英語などでは、自分自身すらも外側から客観的に眺めて語るのに対して、日本語ではその語られている状況の内部にいる人物に同化してしまうのである。

同様に、電話等で「(私は) 今からそこに行くね」という時、日本語では一人称主語を基本的に言わない。これは単に、わかりきったことだから省略しているというわけではない。「私」からみて「私」は見えないので、言語化されないのである。さらに言えば、相手のいるところに「行く」というのも、話し手の位置からの語り方である。

ところが、同じ状況において英語ではI'm comingというのは、よく知られた事実である。I'm comingという語り方の場合、話し手が聞き手の所にやってくるという叙述の仕方を取っており両者の中立的な位置から客観的に語っているのである。

この違いが物語になるとどうだろうか。日本語で書く場合、日本語母語話者は物語世界の中に身を置くようにして語ることが多い。たとえ三人称小説であっても、語りの位置は物語世界の中に入り込みやすい。

二階は江口が女と話している八畳と隣りの――おそらくは寝部屋の二間しかなく、見たところ狭い下にも客間などなさそうで、宿とは言えまい。宿屋の看板は出していない。またこの家の秘密は、そんなものを出せぬだろう。家のなかは物音もしない。鍵のかかった門に江口老人を出迎えてから今も話してる女しか、人を見かけなかったが、それがこの家のあるじなのか、使われている女なのか、はじめての江口にはわかりかねた。とにかく客の方からはよけいなことを問いかけないのがよさそうである。

（『眠れる美女』）

用例は川端康成の『眠れる美女』の冒頭から取った。主人公の江口老人が、怪しい館にやってきた場面であるが、その叙述の視点はどうなっているだろうか。物語現在の中に入り込み、江口老人の視点に重なるようにして語られている。このため、「客間などなさそうで」「言えまい」「出せぬだろう」と、すべて江口老人が推測する形で語られている。

オーバーラップした語り

内面が表される場合も、日本語では人物と一体化した語り方になる。これは、自由間接話法のようにあくまでも人物と距離が取られた語り方とは異なる。一例を示す。

するよ、妥協どころか、降伏の勧告だったのかもしれない！……いや、もっと悪いことだって考えられる。彼の存在は、すでにここの日常を動かす歯車の一つとして、部品台帳に登録ずみなのかもしれないのだ。

（『砂の女』）

用例として挙げた『砂の女』は三人称小説であるが、視点は基本的に主人公の「男」に合わせられている。傍線を引いた部分、「すると、妥協どころか、降伏の勧告だったのかもしれない！……いや、もっと悪いことだって考えられる」は、この小説の主人公「男（彼）」の思考であり、その内面の言葉のように思われる。

だが、これはあくまで地の文であり、語り手が人物の内面を代弁している文である。というのも、直後に、「彼の存在は」と「彼」という三人称が出てきていることからわかる。換言すれば、語り手は完全に人物に同化するわけではない。人物のすぐ「背後」といってもいい位置に移動し、代弁するように語る。私はこういう例を**オーバーラップした語り**と呼んでいる。

日本語の英語訳例から

次に、英語と日本語の言語習慣の違いを、翻訳の例から確認しよう。その前に、次の例を見てみよう。

このうちに相違ないが、どこからはいっていいか、勝手口がなかった。

これは幸田文の『流れる』の冒頭文だが、日本語話者にとっては難解なものではない。人物がある家の前に立っていて、その人物の視点から語っている文である。ところが、英語等を母語とする人々にとっては、日本語レベルが相当に高くても、この文を理解するのは容易ではないらしい（池上嘉彦『日本語と日本語論』ちくま学芸文庫による）。

というのも英語等の話者には、語られている物語世界の内部にいる人物に同化して語る習慣がないためだという。英語の自由間接話法を日本語に変える際は、三人称を一人称にし、人物の内面のセリフにしてしまうことが多いが、逆に日本語のオーバーラップした語りを英語等に翻訳する際には、視点の位置が変えられることが多い。

以下の二例は、安部公房『砂の女』とその翻訳から取った。

「大丈夫ですよ。」嬌声にちかい笑い声をたて、「ほら、霧がわきはじめている……」

「霧……？」

そう言えば、いつのまにか、一面の星がむらになってにじみはじめていた。もつれあった膜のようなものが、空と、砂の壁との境のあたりを、不規則に渦まきながら、方向のない移動をはじめている。
“It’s really quite safe,” she said in a laughing tone, different from her usual voice. “Look! The mist’s beginning to come in”
“Mist?”
As she spoke the expanse of stars rapidly grew patchy and began to fade. A tangled filmy cloud swirled around fitfully where the wall of sand met the sky.

するとを女は、まるで挑まれでもしたように、急に体をくねらせて駈け出していき、どうやらそのまま崖の下に戻って、また仕事をつづけるつもりらしいのだ。まるでハンミョウ属の手口だと思う。

そうと分ったら、もうそんな手にはのるものか……

「呆れたもんだね、毎晩こんなふうなの?」

「砂は休んじゃくれません……モッコも、オート三輪も、夜っぴて動いていますよ。」

「そりゃそうだろう……」それはそうにちがいない。砂は決して休んだりはしてくれまい。

As though challenged, she turned abruptly and hurried off. She apparently intended to return to the base of the cliff and continue her work. Quite like the behavior of the beetle, he thought.

Now that he understood this, he, certainly wouldn’t be taken in again.

"I'm dumfounded! Is it like this every night?"
"The sand never stops. The baskets and the threewheeler keep going the whole night through"
"I suppose they do" And indeed they did. The sand never stopped falling.

原文の日本語では、主人公の「男」の視点に重なって語ることが多いため、「男」「彼」という三人称はまれにしか出てこない。日本語はしばしば三人称を「省略」すると言われているが、これもやはり単に省略しているのではない。視点が登場人物に重なってしまうために、その人物を表す三人称代名詞が消えているのである。

まず一つ目から見てみよう。傍線部で示した部分に特に注目する。英語訳は「そう言えば」をAs she spoke「彼女が言ったとおり」という意味にとっていることに注目したい。As she spokeという訳では、男の認識とは必ずしも関係なく、女の言った通りに霧が湧いているという意味である。しかし、日本語の原文のニュアンスはやや異なる。「そう言えば」は、挿入的にその場面で気が付いた場合に使う言葉である。ここでは、語り手が男にオーバーラップし、「そう言えば」と語っているのである。

もし英語で男の外側から訳すとするならば、he noticed that…とするほうが近いかもしれない。英語では気づいた主体であるheを外から描いて言語化しなくてはならないが、日本語の地の文では男に同化して「そう言えば」と語るのである。

次に二つ目の例文を見る。この文も全体が男の視点から描かれているので、女が「ように」「らしい」で語られているのがわかる。

「そうと分ったら、もうそんな手にはのるものか」も男の考えている内容だから、男にオーバーラップした語り方である。一方、英語訳では思考主をheで表し、he understood thisと男を客観的に報告する形に変更している。

さらに引用部分の最後、「それはそうにちがいない。砂は決して休んだりはしてくれまい。」の訳が問題である。まず、「ちがいない」「まい」はそれぞれ男からみた推測だが、英語訳には反映されていない。この文は、「砂が決して休んではくれないのは、それはそうだろう」ということを表しているが、男に同化しているために、話し言葉と同じく語順を逆転させているのである。

しかし英語訳はIndeed they didとなっている。Theyは、村人を受けていると考えられるから、この英語訳では「村人たちが実際に一晩中砂の掻き出し作業をしている」の意味になってしまい、日本語原文とは異なっている。

『1Q84』の英語訳

村上春樹の『1Q84』とその翻訳からも同様の訳例を見る。

六時十五分になってもふかえりは現れなかった。天吾はとくに気にかけず、そのまま本を読んでいた。相手が遅刻をすることにとくに驚きもしなかった。だいたいがわけのわからない話なのだ。わけのわからない展開になったところで、誰にも文句はいえない。彼女が気持ちを変えてまった姿を見せなかったとしても、さして不思議はない。

Fuka-Eri had still not come at six fifteen. Unconcerned, Tengo went on reading. It didn't surprise him that she was late. This whole business was so crazy, he couldn't complain to anybody if it took another crazy turn. It would not be strange if she changed her mind and decided not to show up at all.

日本語原文を見てみると、「相手が遅刻をすることにとくに驚きもしなかった。」から先は天吾の思考を表している。傍線部で「ふかえり」のことを「相手」と呼んでいるのも、天吾に同化しているからである。ところが英語訳は It didn't surprise him that she was late.「彼女が遅れたことは彼を驚かせなかった」となっており、天吾とふかえりをそれぞれ中立的な位置から語る方式に訳しているのである。

同じく『1Q84』から、「誤訳」と考えられる例を見る。

この次ふかえりに会ったとき（それは日曜日になるはずだ）、山羊とコミューンのことを尋ねてみようと天吾は思った。もちろんふかえりがそんな質問に答えてくれるかどうかはわからない。前回交わした会話を思い出すと、彼女は答えてもいいと思う質問にしか答えないように見える。答えたくない質問は、あるいは答えるつもりのない質問は、あっさり無視してしまう。まるで聞こえなかったみたいに。小松と同じだ。彼らはそういう面では似たもの同士なのだ。天吾はそうではない。何か質問されれば、それがたとえどんな質問であれ、律儀に何かしらの答えは返す。そういうのはきっと生まれつきのものなのだろう。

Tengo decided that he would ask Fuka-Eri about the goat and the commune the next time they met (which was to be on Sunday). Of course she might not answer his questions. Judging from their previous conversation, it seemed that Fuka-Eri would only answer questions when she felt like it. When she didn't want to answer, or when she clearly had no intention of responding, she simply ignored the questions, as if she had never heard them. Like Komatu. The two were much alike in that regard. Which made them very different from Tengo. If someone asked Tengo a questions, any question, he would do his best to answer it. He had probably been born that way.

まず日本語原文だけを読んでほしい。最後に出てくる「そういうのはきっと生まれつきのものなのだろう。」はどのような解釈になるだろうか。引用部分は全体的に天吾の思考を表したもので、最初に「ふかえりは答えてもいい質問だけ答える」人物であると思考する。次に「その点は小松も同じである」と考えた後、「天吾自身はそうではない」と考えている。したがって傍線部の「そういうのは」は、「ふかえり、小松、天吾」の三者の性質をすべてひっくるめており、この三者の行動はすべて生まれつきのものだ、と言っている。

ところが、英語訳はHe had probably been born that way.「彼（天吾）はおそらくそのように生まれついたのだ」と、天吾の性質だけを述べている文になってしまっている。これも人物の思考にオーバーラップした語り方が、英語話者に理解しがたいために生まれた解釈の齟齬であろう。

ヨーロッパ言語から日本語への翻訳

先に、自由間接話法が日本語では一人称に翻訳されてきたと述べた。実は、自由間接話法ではなくても、視点の取り方を日本語訳で変えてしまう例はときどき見られる。

英語だけでは偏るので、フランス語とロシア語の翻訳例から一つずつ見る。スタンダール『赤と黒』の直訳例と、野崎歓の訳したものの比較を行う。

（直訳調）

ジュリヤンのくらんだ眼が、なんとか赤い斑点に覆われた額だけが死者のように青い面長の顔を見分けた。赤い頬と白い額のあいだで輝いている二つの小さな黒い眼は、どんな勇者でもたじろがせる目だった。

（野崎歓訳）

目がくらみ、なんとか相手の顔だけが見分けられた。面長の顔は赤い斑点だらけで、額だけが死者のように青白い。赤い頬と白い額のあいだで輝いている二つの小さな黒い目は、どんな勇者でもたじろがせる目だった。

原文の構造を見ると、「ジュリヤンの眼が～を見分けた」という形をしている。つまり、ジュリヤンを外側から客観的に語っている。一方、野崎訳では、「目がくらみ、なんとか相手の顔だけが見分けられた」と訳されている。

ここで「相手」という訳語が使われているのも、人物のジュリヤンに成り代わって語っているからである。ジュリヤンに成り代わると、そこから見える対象は「相手」となるのである。

続く「面長の顔は赤い斑点だらけで、額だけが死者のように青白い。」も、ジュリヤンに視点をオーバーラップして翻訳されているのがわかるだろう。

次に、ロシア語の小説『ペンギンの憂鬱』の翻訳例を見よう。

（直訳）
どうやら編集長は、ビクトールの目に何かを感じたらしい。

（翻訳例）
どうやら編集長は、こちらの目に何かを感じたらしい。（アンドレイ・クルコフ『ペンギンの憂鬱』）

原文では、主人公のビクトールと編集長を共に客観的に描いている。しかし、訳者は「ビクトールの」を「こちらの」に変えている。この物語の主人公であるビクトールの目線に訳しかえているのである。このほうが自然だという訳者の言語意識があるからだろう。

以上、ジュネットの『物語のディスクール』を中心に概観してきた。『物語のディスクール』は大きくまとめれば、前半の三章が時間論になっているのに対して、後半の二章は、視点の問題を論じており、空間論になっている。

このジュネットの理論によって、物語の設計図が明らかにされ、現在に至るまで批評にも大きな影響を及ぼしているのである。

第五章　ノンフィクションは「物語」か

ノンフィクションの場合

物語論での「物語」の定義は、概ね「時間的な展開がある出来事を言葉で語ったもの」とまとめることができた。しかし、これまでの議論の中で、次のような特徴があることもわかった。

①物語現在が現在となる。
②自由に登場人物の内面に入ることができる。

第二章では森鷗外の『舞姫』の例を見たが、一見すると回想構造を取る小説であっても、一貫して回想している小説はまれである。枠として「過去である」とするものの、実際には物語現在を現在とする。映画などでも同様で、例えば『タイタニック』では老婆が過去の話を語る形を取っているが、その過去の場面が現在として物語が展開する。映画や演劇は「物語現在」をそのまま映すものであるから、厳密に「現在」から過去を振り返ることはそもそも難しい。森鷗外の『高瀬舟』は、江戸時代のことが語られる。江戸時代は森鷗外の執筆時点から見て同一時間軸上に実在するが、物語現在が導入されて以降はそこが物語現在となって展開している。そもそも高瀬舟の時代を直接体験しているわけではないので、回想することは不可能なのである。

ノンフィクションの場合、著者自身が体験した過去を書く場合も少なくない。この場合、著者の執筆時点と書かれるエピソードは、時間軸上から言えば同一時間軸上にある。ところが、ノンフィクション作家がそれを語ろうとするとき、エピソードを脱同一時間軸化し、あたかもそのシーンが現在であるかのように語ることが少なくない。一例を挙げる。

ただ、途中の駅で売れ残りのケーキを安売りしていたので、食糧として大きなケーキを四個も買った。

山形の最寄りの駅に着いたのは朝だった。私たちはザックを担ぎ、雪の中を歩き出した。後輩の一人が子供用のソリを持ってきていたので、それにケーキの箱を載せて引っ張らせた。途中、ソリがひっくり返り、ケーキがゴロゴロと谷底へ転がり落ち、後輩がザイルを使って拾いに行くというハプニングもあったが、その他は何事もなくみみずく山のふもとに到着した。付近を捜索したが、洞窟なんてどこにもない。緑色の霧も出る気配がない。

通りかかった地元の猟師とおぼしき人に話を聞こうとしたが、東北弁がよくわからない。

こんなこともあろうかと思って、わざわざメンバーに福島県出身の男を通訳用に入れておいたのだが、彼は「福島と山形じゃ訛りが全然ちがうがら、わがらねえっす」と言う。

（高野秀行『ワセダ三畳青春記』）

この引用部分の第一段落と第二段落は、出来事が要約的に書かれており、過去にあったことを語っている風である。しかし、第二段落最後の「付近を捜索したが、洞窟なんてどこにもない。緑色の霧も出る気配がない。」では、この物語現在における著者の気持ちが表出されている。さらに、続く段落でも「東北弁がよくわからない。」と非過去形が来た上で直接話法が続いている。おそらく著者は執筆時点で現在をきっちり保って回想しているというより、この時点を思い描いて書いているはずである。こうした語り方をするとき、物語化が始まっている。

同じノンフィクションでも、次のような文になると、より「物語現在」が「現在」になっており、先の引用よりも物語的である。

それは平日の午前十時頃だった。

私は「高野さん、高野さん」とノックしながら呼ぶおばちゃんの声で目を覚ました。戸を開けたら、おばちゃんが興奮気味に言った。

「あのね、今、外でうどんを配ってるの。ひとり三個までだって。あたしはもうもらったのよ。高野さんもせっかくだから、行きなさい。タダなんだから」

何がなんだかさっぱりわからなかったが、とりあえず、上着をひっかけ、おばちゃんのあとについて外に出た。すると、アパートの前には列ができている。ほとんどが近所の主婦らしきおばさんかばあさんである。列の先頭を見れば、二人の男が山と積んだ品物をせっせと配っている。ちょうどケンゾウさんが品物を受け取って戻ってきた。カップうどんを手にしている。

「いったい何ですか？」と私は訊いた。
「さあ、なんだろうね。商品の宣伝じゃないかな。とにかく、タダなんだから君も早くもらいなよ」
　このアパートの人は、質問に「タダだから」としか答えない。あいかわらず、なんだかわからないまま、私は列に並び、順番を待った。配っている男は二人とも地味なスーツを着ていた。一人は中年、もう一人は若い男。ワセダの路地裏にはいかにも不似合いな風体だ。だいたい、こんな目立たない場所で商品の宣伝をするというのが解せない。

まず、「それは平日の午前十時頃だった。」と時点の設定がある。この段階で、ここが物語現在となっており、直接話法による会話が続くほか、文末のタ形とル形の交代が完全に物語のものになっている（小説におけるタ形とル形の交代は、現実の会話とは異なるのはすでに述べた通りである）。その時点での内面の叙述も登場しており、臨場感がある。

ルポルタージュの物語化

次に、別のノンフィクションから、内面を描いているものを一例挙げよう。

　夜の七時半になって、羅平と胡小傑が帰ってきた。記者は李竟らと約束して食事を共にした。狭い唐家嶺の道の両側には夜になると大きな屋台が並ぶ。

客を集めるために、屋台ではテレビを映している。その時テレビではちょうど東北地方出身のコメディアン二人が立ちまわりを演じていた。腕を露わにしたおじいさんとおばあさんの茶番劇だ。たくさんの人たちが酒を飲みながらそれを見て笑っていた。李竟は座ると同時にそれを眺め、小声で「俗だ」とつぶやいたが、枝豆に落花生、それにビールを何本か口にすると多弁になり始めた。唐家嶺での日々は決して楽しくはない。いつでもプレッシャーを感じている。「閉塞感があるんです」

引用例はノンフィクションの記事で、記者が実在の人物を取材して記事にしたものである。この文で人物の李竟は、「現実の」取材時、ビールを飲むと多弁になって、様々なことを記者に語ったらしいことがわかる。傍線部「唐家嶺での日々は決して楽しくはない。いつでもプレッシャーを感じている。」に注目してみよう。この文は、明らかに李竟自身の言葉に近いように思われる。取材者が李竟から聞いた話を元にして、記事の中で代弁しているのである。とはいえ、おそらく李が発した言葉を引用して書いているのだと読むことができる。つまりここではまだ、取材者と人物が独立した主体として設定されていると考えられる。

では次の例ではどうだろうか。

大学を卒業してからもうすぐ三年、洪建修の貯金は六万元になった。彼は、一人で北京西北のさびれた村に住み、朝八時から夜六時まで勤めに出る毎日を送っている。

（中略）

誇りの持てない仕事、インスタントラーメンを食べてばかりの生活、すぐに忘れてしまう夢。つらいこともなくはないが、さしあたってまずまずの暮らしをしている。それではひとまずこうして生きていくとするか。

（以上二例、廉思編、関根謙監訳『蟻族』）

傍線部ではやはり取材対象の洪建修の内面が語られている。ここでも取材者は洪建修に成り代わり、内面に入り込んでいるが、二重線で示した部分になると、完全に人物の言葉を模倣しているようになっている。ここまでくると、もはや実在の人物洪建修が実際にどう思っているかはだんだん問題でなくなってくる。洪建修は、取材者が成り代わって語っているように思考していることになる。人物は、語りが語っている通りに考えているのだ。ここに物語化にともなう逆転現象が見て取れる。物語化されてくると、語りは人物と独立した主体であることを止めはじめ、一体化してくる。新聞のルポルタージュやノンフィクションは、フィクションではないものの、物語化されやすいのである。

『竜馬がゆく』の語り

また、歴史的な出来事であっても、歴史小説などではより物語化される。

ただ、ルポルタージュの場合には、読者のほうも実在の人物が存在することを意識するから、人物が本当に思っていることとは異なっていると考えることもありうる。ではもう一歩物語化が進んだものとして、歴史小説を考えてみよう。例えば司馬遼太郎の『竜馬がゆく』の主人公は、実在した人物坂本竜馬である。しかし、物語として見た場合、『竜馬がゆく』の坂本竜馬が現実のそれと一致するかどうかはもはや全く問題ではなく、語られる通りに思考しているとしか読まれない。

「しかし鳥の代金は別ですぞ。私はあなたにご馳走する理由はないから、折半にする」

大へんな性分の男だな、と興ざめる思いがしたが、しかし理にあわぬことはせぬというのがこの男のいい所かもしれないと思いなおした。

が、竜馬は、相手がこう出る以上、あくまでおごらせてやろうとハラをきめ、金は胴巻のなかにふんだんにあったが、

「じつは、嚢中わずかしかない。ここでトリ代をはらうと品川まで帰れなくなる」

（司馬遼太郎『竜馬がゆく』）

歴史小説においても語りは過去を語っているわけではない。目の前の物語現在を語っている。そしてその表出される思考は、物語現在での思考そのものである。引用例では「大へんな性分の男だな、と興ざめる思いがしたが、しかし理にあわぬことはせぬというのがこの男のいい所かもしれない」と、語られているとおりに竜馬は思考しているのである。現実世界に参照するものがないようなフィクションにおいては、なおさら引用元の思考も創造されることになる。こうなってくると、語りに独立して先立つ思考は存在しない。

歴史は「物語」か

歴史小説はフィクションであるが、歴史家の叙述する歴史もまた、フィクションではないものの、「物語」にはなってしまう。なぜなら、現実に起こった歴史をそのまま知ることは不可能だからである。歴史家は様々な証拠をもとにして、時間的展開のある出来事を言葉で語るのであって、完全に客観的な叙述にはならない。出来事Aと出来事Bをつなげて書くだけでも、そこに因果関係を作り出すことになるし、何を書いて何を書かないかも歴史家は選択しなければならない。歴史小説のような完全なるフィクションとの境目は程度問題である。

しばしば、中国最初の正史である『史記』は物語的だと言われている。これは、『史記』に時々見られる文体をここまでの物語論で読み解くとよくわかる。有名な鴻門の会の場面を見る。

沛公は、翌朝、わずかに百余騎の従者を従えて、項王にお目にかかるために鴻門に来て謝罪していった、「臣劉邦は、将軍と力をあわせて秦を攻めました。将軍は黄河の北の地で戦われ、臣は河南に戦いましたのに、微力の臣がまず関中にはいって秦を破り、また将軍とここで拝謁することができるとは、思いもよりませんでした。ところが、今小人の中傷がありまして、将軍と臣との間にすきまが出来てしまったのであります。臣が将軍の恩徳にそむくことは決してございません。」項王はいった、「このことは、貴殿の左司馬の曹無傷がそういったのです。そうでなければ、どうしてわたしは貴殿を疑ったりして、こんなことになろうや。」

范増は沛公を除く絶好の機会であると思って、項王に目くばせし、また、身に佩《お》びている玉玦を挙げて決意の合図をすること三度に及んだが、項王は黙然として応じない。范増は堪えかね、坐を立って外に出て、項羽の従弟の項荘を呼びよせていった……

（『新釈漢文大系　史記二』）

一見して明らかなように、直接話法による会話が非常に多い。回顧的に語られる場合、直接話法、特に対話は極端に少なくなる。つまり、この叙述は物語現在性が非常に高いのである。また、「沛公を除く絶好の機会であると思って」とあるように、内面が書かれている。これも典型的な物語の特徴であった。

まとめれば、直接話法が多く、臨場感の高い描写がなされ、また内面にまで踏み込み、神の視点を獲得している点において「鴻門の会」の場面は物語性が高い。『史記』にはこうした叙述がしばしばみられる。

一方、後の時代の正史はより客観的な描写になり、物語性は失われる。正史『三国志』になると、物語の現在性がみられる部分は『史記』に比べて少ないし、内面の描写も少なく、「いったい誰が記録したのか？」と思う部分も減る。それでも、完全に物語的でないかと言うと、そうでもない。

この時、曹操は落ち着いた様子で先主に言った。「今天下の英雄は、君と私くらいのものだ。本初（袁紹の字）など、取るに足りない」。先主はまさに食事に手を付けようとしていたが、箸を落としてしまった。

（「先主伝」『三国志・蜀書』）

専横を極める曹操を取り除きたいと思った献帝が、おじの車騎将軍・董承に曹操暗殺の密命をくだす。劉備もその暗殺計画に加わっている。そんな折に、曹操に招かれ、食事を共にすることになる。すると曹操は突然、「天下の英雄は君と私しかいない」と言う。劉備は、自らが警戒されていることを知り、驚いて箸を落としてしまう。

この場面、曹操や劉備の内面は直接的には描かれておらず、客観的に観察可能なことだけが語られている。しかし曹操が「落ち着いた様子で」劉備に語りかける描写は十分に小説的だし、箸を落としてしまうのも驚いたと解釈される。正史の記述ではあるものの、行動の意図や人物の内面が完全にカットされているわけではない。それに密談に近い場面が記録されているのも気になるところである。仮に後の劉備自身が述懐したのだとしても、やはり事実そのものとはいいがたい。劉備が場面を編集し、物語化していることになる。

現実と虚構

以上に見たように、歴史やルポルタージュ、ノンフィクションなども物語の形式を通じて伝達される。これらのジャンルでは、一般的にはまず対応する現実があって、それを誤謬なく伝えることができれば、事実を語った文となるはずである。しかし、事実それ自体は、認識不可能なものであり、多かれ少なかれ語り手によって物語化され、編集される。その際、語られる時点を現在として描いたり、人物の内面を語ったりすればするほど、典型的な物語になっていく。

一方、小説や映画などの虚構のほうは対応する現実はあらかじめ存在していない。しかし完全なる虚構もまた不可能で、現実の出来事をモデルにしていることが多い。読者や観客も、虚構をあたかも事実であるかのように感じるので、登場人物が殺されたらいたたまれない気持ちになる。紙の上に殺されたと書いてあるだけであって、本当は誰も死んでいないのにもかかわらずである。

私たちは現実を物語的に把握していて、虚構の物語も現実として把握しているのだ。

なぜ「心情」と「出来事」が問われるのか

序文において、入試問題としてなぜ「登場人物の心情」や「出来事の起こった理由」が問われるのか、と書いた。その理由は、ここまで読んできた読者なら、既にわかったのではないだろうか。

小説文（物語文）では、出来事が叙述され、また人間が描かれるために、その心情が描かれる。私たちは、何も入試で問われなくても、それを中心に読解しているのだ。だから、読み取りができているか否かを調べるのに、それが問われるのである。この段階ではまだ「何が書いてあるのか」という客観的に観察可能なレベルなので、入試問題にできる。

一方、授業では、さらに一歩進んで、その物語をどう考えるのか、または書かれていないことの想像などにもふみこむことがある。これは、客観的な「正解」がないことが多いため、試験では問うことができない。授業と入試に齟齬があるのは、ひとつには授業では客観的正解をひとつに決められないレベルまであつかうからだろう。

第六章　物語論への批判

「詩学」のアプローチ

ここまで、ジュネットの『物語のディスクール』を中心としたフランス構造主義時代の物語論を紹介してきた。物語が概ねどのように出来上がっているのか、理解できたのではないかと思う。しかし、もしかすると、この研究はいったい何のためにやっているのか、よくわからなかった読者もいるかもしれない。ここで、物語論とはいったい何を目指すものなのかについて、もう一度まとめてみよう。また、これまでの分析でわかることと、不足している点についても考えてみよう。

物語論とは、「詩学」の一分野である。「詩学」とは言っても、詩の分析をすることではない。「詩学」のアプローチの仕方は、物語を「解釈」する行為と、逆のことをする。つまり、ある解釈があったとして、なぜ、その解釈が生まれるかを明らかにしようとする。多くの読者は、小説や映画といえば、それを「読むこと」、つまりは「解釈すること」に意味があると考える。いや、むしろそんなことは当たり前すぎて思いもしないかもしれない。それはそうだ。単純な感想や読者レビュー、批評家の批評の多くは、作品がどのような意味を持つのかの解釈を行っている。文学研究の場でも同じで、アプローチの方法は異なるものの、いろいろな方法で特定の小説や映画などを解釈しようとする。

しかし、詩学の目標は異なる。音楽で例えてみよう。ある曲を聴いて、テンションが上がるとか、悲しいと思うというのは、音楽を享受すること、解釈することである。これに対して、「この曲はなぜテンションが上がるのか、この曲はなぜ悲しく感じるのか」と問う方向性もある。さらに「こういうテンポにすると、人のテンションが上がる」とか、「こういう曲調にすると、悲しく感じる」といった一般化も可能になるだろう。こちらが詩学の目指す方向である。

小説などで考えてみよう。ある文Aを読んだところ、魂を揺さぶられるような感じがしたとする。一方、ある文Bは、似たようなことが書いてあるにもかかわらず、感動しなかったとする。いったいその理由はどこにあるのか、と考えるのは詩学である。

漫才でも同じで、ある漫才師は多くの人がおもしろいと思うものの、別のある漫才師は、ほとんどの人がつまらないと感じるとする。いったいその理由は何か、と考える。おそらく、人気のある漫才師と、そうではない漫才師には、何らかの違いがあるだろう。さらに分析を進めていけば、話の構成の仕方、間の取り方、そのほかさまざまな要素に「こういう風にすると笑いが取れる」というようなセオリーを見つけることができるだろう。物語にも文法があるのだ。

「文法」という比喩をもう少し考えてみよう。

私は本を読む。
太郎は牛を追いかける。
花子は彼氏を殴る。

以上の三つの文は、まったく意味が違う。しかし構文上は「主語＋目的語＋動詞」の形をしており、まったく同じである。「主語＋目的語＋動詞」の単純な形だけでも、数えきれない数の文を生み出すことができる。ジュネットまでの物語論が明らかにしたのは、このような物語の背後にある構造である。物語論に対するよくある批判に、「形式の分類をしているだけでは、文学テクストの理解ができないのではないか」というようなものがある。確かに「花子は彼氏を殴る」が「主語＋目的語＋動詞」の構造を持っていると明らかにしたところで、「花子は彼氏を殴る」という文の意味が理解できるわけではない。しかし「主語＋目的語＋動詞」の構造をしていると明らかにすることは無益ではない。興味の持ち方の違いである。

ジュネットの理論は構造をはじめて詳しく説明したことそのものに意味があった。物語論が登場するまで、物語がどのような設計図に基づいて作られているのかを、ここまで体系的に明らかにした者は誰もいなかったのである。

しかし、と反論する読者もいるだろう。ここまで紹介したジュネットをはじめとする理論では、確かに小説の構造が記述され、分類されていた。だが、それがどのような効果を生み出しているかについては、あまり述べていないではないか、と。

この反論はもっともだと思う。例えば物語の時間ならば、順序を変えることによって何がどうかわるのかとか、叙述の速度を変えることによって何がどうかわるのか、といった点について、ジュネットの理論は踏み込んだ議論をしていない。どのような効果を生むかまで考えると、細かい表現を詳しく分析する必要が出てくる。物語論のアプローチは、文体など、細かい表現の分析が加わると、さらに精緻なものになる。物語論は、表現論や文体論と一体となったほうが、さらにおもしろくなる。本書第二部では、このようなアプローチを試みることにする。

読者の受容の問題

どのような効果があるのか、という問いは、読者の受容の問題とも切り離すことができない。「こうしたほうが、意外性が出る」というのは、読者が意外に感じるということだ。本書でここまで紹介してきた議論では、読者がどう読むかの問題はあまり考えられていなかった。しかし、読者がどう読むかの問題は、理論化がなかなか難しい。ある作品を読んだとして、その読み取り方は人によって異なる。学校で一クラス四十人いたとして、四十人とも同じ読み方をすることはほとんど考えられない。このような差はどうして生まれるのだろうか。

一つの考え方としては、作品の意味は作者が決定しているとみなすことである。この場合、作品には一つの固定された意味があり、その読み取り方に違いが出てしまうのは、読み取り手の問題である。知識が足りないために理解できないとか、時代背景がわかっていないからだとか、理由はさまざま考えられるだろう。

ところが、物語論では一般的に、絶対的で固定的な意味はないと考える。この場合、テクストと読者との相互作用によってその都度意味が発生することになる。同じ文章を読んだとしても、二十歳で読むのと三十歳で読むのでは受け取り方が変わることはよくあるが、それは二十歳で読んだ時、テクストとの相互作用で生まれた意味と、三十歳で読んで、その場で生まれた意味が異なるからだ。

　言葉にするとはある種の抽象化であって、事物や出来事そのものを直接聞き手に届けるものではない。「バナナを食べる」という文があったとして、その「バナナ」なるものは、厳密に言えば一本一本異なる。大きさも違うし、色も違うだろう。表面にある黒い部分の形状も異なる。房についているのか、それとも皮は剝いてあるのか。どこで食べるのか。甘さはどの程度なのか。主食と考えているのか、朝食と考えているのか。細かく指定していこうと思えば、どんどん詳細にしていくことはできるけれども、通常はそこまではしない。だから、そのメッセージを解読する人、解読するその時点において、その都度、解読されるメッセージは異なってくるものなのである。

　もし、読み手によって感じ方が異なってくるとすると、それを理論化するのは難しいと思うかもしれない。ジュネットらの理論は、客観的に観察できる特徴の分類をしていて、その効果にはあまり踏み込んでいないので、この難題をうまいこと避けているともいえる。客観的に観察できることを対象にしているから、おもしろくないと言うことはできても、誤っているとはなかなか言いにくい。

　しかし、「読者によって異なる」というのは、あくまでも細かく見た場合の話である。私たちは人間である以上、認知の仕方は比較的似ているし、人生経験や知識も他の人とまったく違うなどということはない。だから、他の人とまったく異なる読み方は、そうそうできるものではない。だから、ある程度同じような読みの方向に読者をいざなうことは可能だし、同じように思わせることも可能である。

　例えばあるミステリーにおいて、「人物Aが怪しいのではないか」とか、「人物Bはこの後殺されるのではないか」というような読みを、多くの読者に抱かせることができる。もちろん、驚異の鈍感力を発揮して、そのように感じない読者もいるだろうし、逆にすべてを見透かす読者もいるだろうが。

また、ある種の「解釈の共同体」を考えることもできる。高校生にとっておもしろいが、中年男性にとってはおもしろくない物語というのは、実際にある。これは多くの高校生の間では、同じような受け入れ方がされていて、中年男性のグループにとっても同じような受け入れ方がされているからである。そのような年齢によって発生する解釈の共同体の違いが、なぜ発生しているのかを考えることはできるだろう。

もう一点、読者について付け足せば、私たちは読んでいくそのたびごとに、先の展開を予測したり、感想を抱いたりしながら少しずつ先に進んでいく。読み進めるたびに、読者が物語を発展させていくのである。その内的な経験についても、ここまで紹介した理論ではほとんど対象にしていなかった。これも物語論で論じる対象に含めることができる。

作者や歴史、社会との関係

ここまでの議論で、作者や時代背景、社会などの話は一切出てきていないことが気になった読者もいるかもしれない。物語論にしばしば向けられる批判に、「文学は作者が生むものであるし、歴史や社会と切り離せないものなのに、それらが無視されている」というものがある。

小説などが、それを取り巻く社会や歴史、さらには作者と深い関係のもとに出来上がってくるのは、言を俟たない。作者の実人生が明らかにされることは、作品の理解にもちろん役にたつ。しかし、逆にそれにとらわれてしまうとも言える。また、文学の社会性や歴史性を重視する立場は、作品から当時の社会的現実や歴史を説明するだけに終始したり、社会や歴史と作品をつなげるだけで終わってしまうことも少なくない。小説などは言語から出来上がっているし、映画なども脚本やカメラワーク、音楽など様々な要素から構成されているものであって、それらをきちんと見ることも重要である。

明治二十年代の読者が読む森鷗外の『舞姫』と現代の読者が読む『舞姫』はおそらく異なる。歴史性を重視する人は、当時の森鷗外の人生や、『舞姫』が当時の読者にどう受け入れられていたのかを解き明かすことによって、その「意味」を明らかにしようとする。これはもちろん間違っていない。明治二十年代の読者にどのように読まれていたのかは興味深い問題だ。しかし、先ほど述べたように、作品の意味とは固定されたものではない。現代の読者と『舞姫』の間には、新たな相互作用によって新たな意味が生じている。明治二十年代に受け入れられた読みが「正しい」というわけではない。現代において『舞姫』を読むとき、まず重要になってくるのは小説構造や表現などである。

社会や歴史、作者といったものへの関心と、物語論が関心を寄せる小説構造や、言語の分析なども、興味の持ち方の違いであり、どちらか一方が正しいわけではない。

ロシアのフォルマリズムは、それまでの文学研究が作者の研究に終始していることに対する批判から生まれた。作者研究ばかりしていて、肝心の文学テクストは、印象で判断されていたのである。そこで、文学テクストを構成する詩的言語を詳しく分析することになった。現在でもこの批判は有効に働くことがある。私の専門は現代中国文学だったが、この領域の研究はほとんどが社会や歴史から文学作品を説明するものとなっている。ほとんどそればかりに終始しており、言語表現の分析などは印象で判断される。

小説などの物語作品を読む場合、私たちは必ずしもその作者や社会的背景を知っているわけではない。そういった背景を知らなければおもしろくない作品というのは、果たして「よい」作品なのだろうか。歴史的背景を知らなくても、『三国志演義』や『水滸伝』をおもしろいと思う読者も多いだろうし、南米のことをまったく知らなくても南米文学にはまってしまうこともある。作者・歴史・社会との関係を重視しすぎた場合、作品そのものの魅力を取り逃がしてしまう危険性もある。歴史的に意味はあっても、一つの文学作品としては特に見どころがないこともある。歴史・社会を重視する研究は、作品としての良し悪しをほとんど考慮していないことも多いのである。

ロラン・バルトは、テクストが「引用の織物」であるとした。つまり、過去に語られた言葉が組み合わさってできたものであって、完全無欠なる作者なるものが創造するものではないとしたのである。ここまで見たように物語論は、物語の設計図、フォーマットを明らかにした。優れた作家であっても、真に独創的な部分は必ずしも多くはない。過去の物語の焼き直しになってしまう。そうでなければそもそも読者には理解不能になってしまうだろう。

「文学は作者が生むものであるし、歴史や社会と切り離せないものなのに、それらが無視されている」というようなタイプの批判者は、作家・作品ごとに独自の意味があることを前提として論じている場合が多い。もちろん、それはそれでいいのだが、実際には必ずしも独創的でないという点を無視してはならない。

その他の理論書とその後の発展

本書で紹介した物語論の理論は概略的なものである。理論そのものに興味を持たれた方のために、この分野のおもな本をさらに紹介しておこう。

理論の入門書としては拙著『ナラトロジー入門』で、本書第一部の内容をさらに詳しく書き込んでいる。英語で書かれたものでは Mieke Bal, *Narratology : introduction to the theory of narrative* がいい。

物語論としてまず読むべきなのはロラン・バルト『物語の構造分析』(みすず書房)、ジェラール・ジュネット『物語のディスクール』の二冊である。さらに比較的似たアプローチを取るものにウェイン・ブース『フィクションの修辞学』、シーモア・チャットマン『小説と映画の修辞学』、日本語訳はないが同じくチャットマンの *Story and discourse*、オニール『言説のフィクション—ポスト・モダンのナラトロジー』を読み進めたい。

ドイツ系の理論書としてはハンブルガー『文学の論理』、シュタンツェル『物語の構造』が挙げられる。ここまで読めば、物語論の主要な議論はおおむね押さえられるはずである。

また、物語論は表現を問題とするため、言語学の分野とも接近している。言語学的な物語分析としては、ヴァインリヒ『時制論—文学テクストの分析』、リーチ&ショート『小説の文体』などが挙げられる。また、日本語を特に取り上げたものとして拙著『物語における時間と話法の比較詩学—日本語と中国語からのナラトロジー』をぜひご覧いただきたい。英語で書かれたものとしては Monika

Fludernik, *The fictions of language and the languages of fiction : the linguistic representation of speech and consciousness* がある。

また、認知言語学を物語論に応用したものとしてピーター・ストックウェル『認知詩学入門』、西田谷洋『認知物語論とは何か?』、Monika Fludernik, *Towards a 'Natural' Narratology* がある。『認知詩学入門』は認知言語学の知識がなくても読める著作になっている。比較的最近の物語論の動向を知るには、英語だが David Herman, *Narrative Theory* がいい。

哲学の領域で物語論に接近しているのは、まずポール・リクール『時間と物語』が挙げられる。また分析哲学を応用したものでは三浦俊彦『虚構世界の存在論』がおもしろい。分析哲学の知識がなくても読めるように工夫されている。また、同じくマリー＝ロール・ライアン『可能世界・人工知能・物語理論』も、分析哲学の可能世界論を取り入れている。

前章で紹介した、歴史と物語の問題については野家啓一『物語の哲学』がおもしろい。

以上、ここまで物語論の理論を概観してきた。次章以降は、具体的なテクストを分析していこう。

第Ⅱ部

分析編

第七章　「おもしろい展開」の法則

その物語は、どう出来上がっているか

　これまで、物語論の理論とその背景を明らかにしてきた。理論編で述べたように、文学理論とは文学をどのように考えるのかという一種の思想であり、構造主義時代の物語論は大雑把に言えば物語の背後にある設計図、メカニズムを明らかにしたのであった。また、物語論をうちに含む「詩学」の目標は、具体的なテクストを解釈することではなくて、その一般的な法則を明らかにすることである。例えば、ある音楽を聴いて「悲しい」と感じるのは解釈である。これに対して、「どのような音楽にすれば人は悲しく感じるのか」という問いの立て方も考えられる。小説でも同じで、ある具体的なテクストを読んで「ドキドキする」とか「悲しく感じる」というのは解釈である。逆に「どのようになっていると読者（観客）はドキドキするのか」「どのようなものを悲しく感じるのか」を明らかにするアプローチもありうる。

　前章までは、その理論を中心に紹介してきた。本章からはこれを具体的な物語に当てはめて分析する。ここから先を読むことによって、物語がどのようにして出来上がっているのかが理解できるだろう。また、物語がどう出来上がっているかを知れば、創作に生かすことも可能になるはずである。そうした観点から、考えていこう。

用例としてはエンターテインメント系の物語から、世界の文学まで、幅広く取っている。特に世界の文学については、なじみのないものも多いかもしれない。あくまでも私見であるが、読んで損しないものを選んでいるので、読書案内としての役割を果たすことも考えている。気になるものがあれば、是非ともその作品を読んだり見たりしてほしい。

『シン・ゴジラ』の物語構造

理論編第一章では、プロップの『昔話の形態学』に始まる、物語の筋に関する理論を紹介した。これに対応させて、本章では物語の筋立てについて、具体的な作品を見ていこう。

最初に取り上げるのは、『シン・ゴジラ』である。ゴジラは一九五四年に第一作が公開されて以来、シリーズものとして作られ続けているが、そのうちの一作として二〇一六年に公開された。多くの観客に受け入れられたとおり、エンターテインメント作品として良質の作品だと思うが、果たしてどのような構造をしているのだろうか。

物語は、東京湾に謎の巨大生命体が発生するところから始まる。このように、物語の最初には基本的に何らかの状態変化が起こるのだった。プロップの分析したロシアの昔話では家族の誰かが家を留守にする、というのがそれだった。この機能に相当するのが、巨大生命体の発生である。

新たに発生した事態をすぐさま解決できれば問題ない。しかし、それでは物語は発展しない。危機が訪れなくてはならないのだ。『シン・ゴジラ』では、発生した謎の巨大生命体について、政府がその正体を把握できず、自然現象か何かだと考える。これが危機を創出する。

そんな中、主人公の矢口だけが巨大生命体の可能性を指摘するが、彼は無視され、対応が遅くなってしまう。そのうちに巨大生命体（ゴジラ）は蒲田付近から上陸し、移動とともに街を破壊していく。ここで物語の危機が現実のものとなる。

危機が訪れたならば、次に必要なのは、その危機を克服するプロセスである。しかし、いとも簡単に克服できてはいけない。『シン・ゴジラ』では、政府が自衛隊の攻撃部隊を巨大生命体に派遣するものの、いざ攻撃しようとする段階になって、逃げ遅れた人影を発見、中止せざるをえなくなる。そのうちに巨大生命体は再び海に戻る。

ここまでが前半である。観客は、政府の対応の遅れや、攻撃できない自衛隊にやきもきさせられることになるが、これは物語の文法から言って必然的である。『シン・ゴジラ』の大枠は、

ゴジラが現れ、日本が危機に陥るので、それを何とかして倒す。

である。つまり、ゴジラが倒された時点で物語は終結してしまう。政府が迅速な行動をとってゴジラの危機をあっさり解決してしまうわけにもいかないし、単に一方的にやられるだけでも物語にならない。「ゴジラの排除努力⇓失敗」のプロセスが多数描かれなければならない。その上で、何らかの困難を克服することによって力を得、ゴジラ排除を完成させることになる。

「排除⇓失敗」のシークエンス

前半をより細かく見てみよう。

まず東京湾に異常が発生した段階で、主人公の矢口だけが官僚組織の中で巨大生命体の可能性を指摘するが、荒唐無稽として一蹴されている。現実ならば、巨大生命体が現れるなどというのは荒唐無稽だ。おそらく政府機関でその可能性を指摘する者はひとりもいないだろう。しかし、それでは物語にならない。ただひとり、矢口だけが指摘することによって、この人物が特別な人物になり、主人公たる資格を得るのである。

しかし、その指摘がすんなり受け入れられるわけにもいかない。矢口だけが異端であり、その考えが一度却下される必要性がある。そうでなければ、途中から矢口がゴジラ対策の中心人物になれないからである。また、「巨大生命体の出現」という「正しい見解」が却下されることが観客を焦らせる。これが観客を引き付けるために必要なのである。

『シン・ゴジラ』前半は、観客にフラストレーションを与え、焦らせる工夫がふんだんにちりばめられている。生命体であることが判明すると、最初に召集されるのは生物学者たちだ。これは普通に考えて正しい選択だが、彼らは「現段階では何も言えない」と言い、役に立たない。作品内でこの生物学者たちは「御用学者」と呼ばれ、けなされてしまう。物語の文法とはいえ、この科学者たちは気の毒だ。よくよく考えてみると、ほとんど情報がない中、憶測で判断することは科学者のあり方ではないから、この見解は間違っていない。しかし、彼らは「役に立たない御用学者」とされる必要が都合上あるのだ。観客にフラストレーションを与えるとともに、次に結成される「異端の科学者たちによる対策チーム」の布石として機能しているからである（もちろん、原発事故のメタファーでもあるが）。

そしてこの異端児たちのキャラクターをおもしろくすることによって、物語が魅力的になる。「通常の科学者が通常の科学であっさり解決」ではエンターテインメントにならないから、最初に否定される必要があるのだ。

次に、巨大生命体の上陸を阻止する作戦が取られればいいはずだが、それも迅速に取られてはならない。上陸阻止作戦が取られそうになりつつ、なおかつそれが破られなければならない。そうすることで緊張感が増す。本作品では、有識者が「巨大生命体は陸に上がったら自重でつぶれるから、心配はない」という（観客から見て頓珍漢な）見解を出す（現実なら常識的判断だ。たぶんあの生命体は自重でつぶれる）が、当然のごとくつぶれないし、上陸を阻止できない。

そして、被害が拡大していく。次の「ゴジラ排除⇓失敗」のシークエンスはなんだろうか。やはり自衛隊の攻撃ということになるだろう。ただ、ここでもあっさり自衛隊に攻撃させるわけにはいかない。それを妨害する何かを導入することによって、さらに観客にフラストレーションを与えることができる。自衛隊攻撃を妨げる要素としては、作品中では憲法や法律上の規定が導入される。これによって、政府は出撃命令をなかなか出すことができない。さすがに現実的には政府首脳もここまで無能ではないような気がするが、「攻撃するかしないか」のシーンを引っ張ることで観客をやきもきさせられるのである。

最終的に自衛隊のヘリ部隊は、攻撃態勢を整え、発射命令を待つだけの段階まで行く。これによって物語状況を、「ゴジラに対して初めて攻撃を仕掛ける直前」という極めて緊迫した場面にまで高めている。

観客の予知とフラストレーション

さて、ここでブレモンやバルトの理論を思い出そう。ブレモンの理論では、新しい状況が発生するたびに、論理的にありうる選択肢が生まれるという。そしてその選択肢は、観客も意識的にせよ無意識的にせよ予知するものである。

その選択肢は論理的に、①ゴジラを攻撃するが、倒せない　②ゴジラを攻撃して倒す　③ゴジラを攻撃せず、倒せない　④ゴジラを攻撃しないが、倒せる　の四つが考えうる。ここでゴジラを倒すわけにはいかないので、①か③のどちらかになる。

そして実際の作品では③が選択された。その攻撃自体を挫折させるほうが、観客のフラストレーションが高まり、後半に予定されているゴジラを倒すシークエンスへの期待が高まると考えられる。それに、この段階のゴジラはまだそれほど強くない。敵は徐々に手ごわくなっていくほうが物語に変化が出ておもしろくなるから、『シン・ゴジラ』はその手法を使っている。

まだ弱い段階のゴジラなら、自衛隊の攻撃で倒せる可能性は高い。「まだ弱い段階で攻撃を仕掛ければ倒せたのに」と観客に思わせることが重要だ。

とすると、攻撃を中止させる何かが必要だ。そこで制作者側は「逃げ遅れた人影」を導入した。解釈上は「逃げ遅れたひとりのために攻撃を仕掛けないのは間違っている」と言うこともできるが、ストーリーの都合上、制作側としては何らかの手段で攻撃を中止させる必要がある。「逃げ遅れた人」がいなければ、別の理由を作るだろう。

後半は、パワーアップして鎌倉から上陸したゴジラとの戦いが描かれる。当初は多摩川に防衛ラインが敷かれるが、あっさり突破され、東京侵入を許してしまう。この段階になると自衛隊の攻撃どころか、アメリカ軍の攻撃すら効かない。物語の危機がさらに深まっているわけである。アメリカをはじめとする国際社会はここで、ゴジラに対して核攻撃を行うことを決定する。その攻撃の日までにゴジラを倒せなければ、東京は放射能に汚染され、人の住めない地域と化してしまう。

核攻撃という危機が設定されることによって、物語はさらなる緊張感にさらされる。しかも、その核攻撃の期限が明示される。そこまでに何か手を打たなければならないのである。このように、ある期間が終わってしまうと、破滅が訪れる設定は非常によく用いられる。

期限があるとはいえ、それは即刻であってはならない。ある程度の時間が取られる必要がある。その間に主人公たちは、困難克服のための作戦を練ることができる。その期間を演出するために、ゴジラは最初の東京侵入に際してエネルギーを放出しており、しばらくは行動不能という設定にしている。これがなければ、ゴジラ攻撃までの時間的猶予を生み出せない。

さて、いよいよゴジラ攻撃のシークエンスである。これを主に担当することになるのが主人公の矢口だ。矢口は組織内の異端から救世主へと状態の変化を遂げている。このような状態の変化がエンターテインメントでは定石である。そしてゴジラ排除作戦に重要になってくるのが、映画冒頭で導入されている牧教授である。牧教授はゴジラの出現を予期していたものの、相手にされず、恨みを抱いたまま死去したとされる。その牧教授が残した暗号がゴジラの秘密を解き明かす鍵となっている。

この設定も物語の文法の定石に適っている。ゴジラは必ず倒されねばならないが、簡単に倒すわけにはいかない。何らかの困難を乗り越えなければならないし、それを助ける何かが必要である。牧教授は救助者であるが、簡単に助けるわけではなく、暗号を残す形で主人公たちに困難を与えているのである。そして、その解き明かされた暗号をもとにして発案する作戦で、ゴジラの脅威を除くことに成功することになる。

「指標」「叙述の速度」「視点」

以上のような構造は物語展開にかかわる面である。大きな筋とは直接かかわらない要素としては、ゴジラの形態、動き、「御用学者」たちの服装や表情、対策メンバーの奇妙な面々などその他もろもろ細部のおもしろさにもこだわっているのがわかる。混乱の中で首相になる人物のキャラクター、奇抜な攻撃方法など、時としてユーモアも織り込んでいる。これらはバルトの理論で言えば、「指標」に当たるものである。また、日本（特に東京周辺の居住者）の観客としては、なじみの深い建造物や電車などがゴジラに破壊される様子もおもしろい。

時間の取り扱いとしては、本作品はカットが非常に多いほか、早口のセリフが大量に流れる。つまりは叙述の速度が非常に速い。これが緊張感を高める作用を与えている。視点の取り方からすると、本作品は一貫して日本政府上層部の視点から描かれている。ゴジラに襲われる民衆の視点からは描かれていない。アメリカ軍も完全なる他者として描かれる。アメリカの視点を入れつつも、日本に同情的な立場を取る役割として、カヨコという人物が導入されてはいるが、アメリカ側からはほとんど語られていない。

なお、本作品は『新世紀エヴァンゲリオン』で知られる庵野秀明監督作品だが、演出の方法、カットの取り方、緊迫した会議シーンの多用、音楽など『新世紀エヴァンゲリオン』との類似は一見して明らかであろう。このため、他のゴジラ作品よりも『新世紀エヴァンゲリオン』に印象も似ている。演出方法次第で観客の受ける印象が大きく変わる好例であろう。

もちろん、『シン・ゴジラ』は原発事故のメタファーとしても見ることができるし、憲法九条の問題ともかかわってくるなど、様々な点から議論できる。しかしそれは解釈の問題であって、物語論的な見方ではない。物語論が特に問題としたのは、設計図のほうである。

物語の文法がわかってくると、物語化の仕方もわかるようになってくる。『シン・ゴジラ』では自衛隊が感動的に描かれているが、だからと言って現実にそうだとは限らない。あくまでもこの物語においてそのような描き方をしたにすぎないのである。戦争を取り扱った映画や小説も、その物語化の仕方によって読者や観客の受ける印象は大きく異なる。物語論では、物語を外側から見られる分、現実と物語、歴史と物語の関係などを考えることも不可能ではない。

『エヴァンゲリオン』の期待を裏切る展開

では、その庵野秀明監督によるテレビアニメ『新世紀エヴァンゲリオン』の構造はどうなっているだろうか。

本作品では謎の大災害「セカンドインパクト」の後、首都とされている第三新東京市に押し寄せる謎の敵「使徒」との戦いが描かれる。使徒に対抗する兵器エヴァンゲリオンのパイロットとして、十四歳の少年、碇シンジが選ばれる。シンジは使徒に対抗する組織の司令官である碇ゲンドウの息子だが、エヴァンゲリオン搭乗を拒む。父は息子を無理やりパイロットにするだけでなく、愛そうともしない。シンジはエヴァンゲリオンに乗ることによって父の愛を得ようとする。

以上のような基本的な構成は、エンターテインメントの王道に則っていると言える。まず、使徒の襲来⇒排除のシークエンスは、バトル物の常道である。非常に多くの謎が複雑に絡み合っている点もエンターテインメントとしておもしろい。使徒とは何なのか、エヴァンゲリオンとは何なのか、時々挿入される碇ゲンドウと謎の組織、「人類補完計画」と呼ばれる謎の計画など、さまざまある。これに加えて親子の葛藤が加わっている。視点は一貫してシンジにあり、父親のゲンドウが何を考えているのかはほとんど明らかにされない。さらに、同じくエヴァンゲリオンのパイロットとなる謎の女の子（綾波レイ）がいるが、決して心を開こうとしない。そこに三番目の子供（アスカ）も加わるが、やはり謎が多い。

いわゆる「謎が謎を呼ぶ」展開である。「謎が謎を呼ぶ展開」も、徐々に解決に向かうのが常道なので、父親・ゲンドウの内面の秘密もやがては明らかになることが予期され、ひいては親子関係が修復されることも物語の目標となる。また、ヒロインの綾波レイも心を開くであろうことが期待されている。バルトの言葉で言えば、シークエンスが開かれており、それが閉じられることが期待されているのだ。『シン・ゴジラ』は、ほぼその期待が達成された。

しかし、『新世紀エヴァンゲリオン』はそうはならなかった。主人公シンジの期待は裏切られるとともに、観客の期待も裏切られる。そして、各登場人物の「心の壁」が強調された。論理的に言えば、期待は達成されるか達成されないかの二択なので、本作品では後者が選ばれたのだが、これはエンターテインメント作品としては珍しいほうに属するだろう。特にハリウッド映画などでは、めったに見かけない。この点が『新世紀エヴァンゲリオン』を特異なものとしているし、単にエンターテインメントに終わらない描写やテーマを織り込むことになっている。

テレビドラマ『新世紀エヴァンゲリオン』は、その後、二度にわたって劇場版が制作されており、そのうち新しいほうの新劇場版は、テレビドラマのリメイク作品になっている。新劇場版第二作にあたる『エヴァンゲリオン・破』のストーリーラインは、後半まではほぼテレビアニメ版に沿っている。

しかし、父・ゲンドウとヒロイン綾波レイが心を開く（あるいは開いているかに見える）描写が加えられた。いわば、ハリウッド映画的リメイクがなされていたのである。このため、リメイク版『エヴァンゲリオン・破』は、通常のロボットアニメに近い構造になっている。ところがリメイク版第三作となる『エヴァンゲリオン・Q』では、第二作の作品世界を完全に壊してみせた。まだ完結していないが、この後どのようにするつもりなのだろうか。

「ひどい」映画監督、キム・ギドク

『シン・ゴジラ』で見た通り、エンターテインメントの王道では、主人公は危機に陥るが、基本的には緊張感が高まったところでその危機は解決される。戦闘モノでは、主人公は危機に陥っても普通は殺されない（仲間が殺されることはある）。すんでのところで危機を脱し、敵を倒す。音楽グループを扱ったものなら、まず仲間集めに困難が生じ、その後にそのグループを妨害するものが現れたり、ライバルが現れたりするが、最終的には困難を乗り越えて成功する。早めに成功したとするなら、グループ内で危機が起きるなど、新たな危機が生じるのが常道で、それも何とか解決される。地球を救うタイプの物語なら、ギリギリのところで救われる。

主人公が危機に陥ったとき、観客は「その危機を脱してほしい」と思う。物語の側から言えば、観客に「こうなってほしい」という感情を抱かせているのである。そしてその通りになる。

もちろん、そうではない物語も存在している。キム・ギドクという韓国人の映画監督がいる。この監督は、非常に「性格が悪い」。『サマリア』『嘆きのピエタ』などでキム・ギドクは、緊張感のあるシーンを作り出し、「こうなってほしい」ではなくて、「こうはならないでほしい」という感情を観客に与える。例えば、登場人物が自殺してしまうパターンがあるとする。キム・ギドクはあえて「登場人物が自殺しそう」という予測を観客に持たせる。王道エンターテインメントでは、このように危機を提示した場合、ギリギリのところで回避される。しかし、キム・ギドクは逆に絶対に回避しない。「絶対にこうはなってほしくない」と思わせたことが、絶対に実現するのである。とにかく「ひどい」。「性格が悪い」と述べたのはこの意味である。しかしその悪趣味にもかかわらず、質の高い映画になっている。

ゲームが破った「物語の常識」

ブレモンの理論に表されていたように、物語では常に選択が迫られる。あらゆる可能性のある中から、一つが選ばれ、他は捨てられる。この物語における当然の常識を表に出し、なおかつ破ったのはゲームである。

一九九二年、チュンソフトが発売した『弟切草』、九四年に発売した『かまいたちの夜』は、「サウンドノベル」と銘打たれた。小説をゲームにしたのである。「サウンドノベル」では分岐点において、プレイヤーにその行動の選択権が与えられた。それまでの物語では、例えば森の中で熊に出会った場合、①逃げる　②死んだふりをする　③戦う　などの選択肢の中から、制作者側が選んだどれか一つが勝手に選ばれていたが、「サウンドノベル」の形式では、与えられた選択肢の中から選ぶ自由度が与えられたということである。

これによって、一つの物語世界を枝分かれさせることができるようになった。また、プレイヤーに選択権があるため、物語を「体験」しやすい。「サウンドノベル」以外のゲームも、多くがストーリーを持っているが、プレイヤーは主人公になりきることができる。小説や漫画などの従来方式の物語では、読者は一方的に受容するしかなかった。「体験性」をうまく用いることができれば面白いものができるはずで、ゲームは媒体としてはおもしろいものを作り出せる可能性を持っている。

さて、分析哲学など、論理学に近い領域ではもともと可能世界という考え方があった。今私たちがいる世界とは別の、ありえる（ありえた）世界を考えるものである。ゲームなどにおいて複数の可能な世界を同時に入れ込むことができるようになったのに連動するかのように、同時に存在しうる可能世界を入れ込んだ物語が昨今増えている。読者の側もこれを容認しやすくなっているようである。

例えば『エヴァンゲリオン』は、最初のテレビアニメ版の『新世紀エヴァンゲリオン』と新劇場版で、似たストーリーラインを取りながら、若干違う物語が語られている。従来ならば受け手のほうも単なるリメイクと受け取るところだろうが、「同時にありえた世界の、別のバージョン」と捉える視聴者も今は少なくないようだ。また、先にも触れたが、新劇場版は二作目の『破』と三作目の『Q』が大きく異なるものになっている。『破』の最後に付された予告編と『Q』がまったく異なった物語になっているのである。

これに関しても、パラレルワールドなのではないかとする読み方が挙がっている。私が『Q』公開当時教えていた高校生もパラレルワールド説を自然に受け入れていたので、すでに最近のアニメやゲームを受容している層にとって、「同時にありえた世界」という考え方は自然であるらしい。

本来的には可能世界Aと可能世界Bは交わることがない。Aの住人はパラレルワールドのBを知りえないはずである。もしテレビアニメの『エヴァンゲリオン』と新劇場版の『エヴァンゲリオン』がパラレルワールドだとすれば、テレビアニメ世界に生きるシンジは、もうひとつありえた可能性の新劇場版の世界はわからないから、これは本来的なパラレルワールドである。

しかし、最近のサブカルチャー等では、特定の人物のみがタイムリープを行い、可能世界を行き来するパターンがよく見られ、早くも類型化しているように思われる。代表的なところでは『時をかける少女』『涼宮ハルヒの憂鬱』『シュタインズ・ゲート』『魔法少女まどか☆マギカ』などが挙げられるだろう。

トニ・モリスン『ビラヴド』の意外性

謎を作り、後にそれが徐々に明らかにされるようにしていくと、読者を引き付けることができる。特にエンターテインメントでは必須の語り方である。

エンターテインメント小説ではないものの、謎を作り、後にそれが明らかになるような構図がうまいのが一九九三年にノーベル文学賞を受賞したトニ・モリスンである。トニ・モリスンは黒人の女性作家であり、アメリカと黒人をテーマにした数多くの小説を発表している。どれも完成度が高いが、ここでは『ビラヴド』を紹介する。

『ビラヴド』の舞台となるのは、一八七三年のオハイオ州。中心人物となる黒人女性・セスは元奴隷で、隣のケンタッキー州から逃げてきた経歴を持っている。その冒頭は次のように語られる。

> 一二四番地は悪意に満ちていた。赤ん坊の恨みがこもっていた。その家に住んでいる女たちはそのことを知っていたし、子供たちだって同じだった。何年ものあいだ、それぞれが、その悪意にじっと耐えてはきたものの、一八七三年には、まだ残っていた被害者はセスと彼女の娘のデンヴァーだけになっていた。
>
> 祖母のベビー・サッグスは死んでいたし、息子のハワードとバグラーは十三歳になる前に逃げ出していた。覗きこんだだけで鏡が粉々に砕けたとたん(これでバグラーの心が決まり)、二つのちっちゃな手型がケーキの上に現れたとたん(これでハワードの決心もついて)二人は逃げ出したのだ。
>
> (吉田廸子訳)

セスとその娘、デンヴァーの暮らしている家には、赤ん坊の幽霊が暮らしていると、冒頭から超現実的なことが語られる。この親子＋赤ん坊の幽霊の家に、かつて同じところの奴隷だったポール・Ｄが訪れる。ポール・Ｄとセスは一緒に暮らすことになり、ポール・Ｄは赤ん坊の幽霊を追い出してしまう。一家は平穏な暮らしを送るはずだったが、そこに謎の少女が現れ、ビラヴドと名乗る。どうやら、少女は追い出された幽霊であるらしい。

ビラヴドはいったい何なのか。セスはなぜ彼女を追い出そうとしないのか。こうした情報は、なかなか明らかにされない。また、第一部の最後では、ポール・Ｄも新聞記事を見せられ、セスの元を離れることになるが、いったいその記事には何が書かれているのかわからない。徐々に過去の物語が明らかにされていく構造になっている。

謎を作り、情報を小出しにしていく展開の作り方は、読者を引き付ける常套手段である。『ビラヴド』の情報開示方法にはもう一つ、場面の切り替わりのところで驚くべき新情報を出してくるという特徴がある。小説冒頭の「一二四番地は悪意に満ちていた。赤ん坊の恨みがこもっていた。」も、何の情報も与えられていない中では意外性のある始まり方である。番地が悪意に満ちているとはどういうことか、赤ん坊の恨みとは何なのか、まったく情報がないので、意表を突かれる。意表を突く謎を提示しておきながらなかなかそれが解かれないのである。

謎の少女、ビラヴドが現れる章は、次のように始まっている。

　盛装した女が、水の中から上がってきた。

　乾いた川土手にたどり着くか着かないうちに、坐り込み、桑の木に寄りかかった。


　ビラヴドに関する情報は、この前の章まで一切ない。そこに突然この文が登場する。「盛装した女」という主語と、「水の中から上がってきた」という述語の取り合わせは奇妙であり、読者の意表を突き、場面の突然の切り替えにびっくりさせられる。

　後半になるにつれて、過去の情報が明らかになるとともに、セスをはじめとする人物の内的感情も徐々に表されていく。内的感情の表し方はヴァージニア・ウルフの文体にも似ている。また、後半では語り手も入れ替わり、重層的な語りになる。その描き方も本書の優れた点である。

　トニ・モリスンは黒人の背負ってきた負の歴史を描いているが、単なる被害の報告や白人の告発に終わっていない。エンターテインメントでは、人物は役割が割り振られるため、悪役は悪役として極めて図式的に描かれることが多いが、現実はそんなに単純ではない。物語文法に忠実になってしまうと、リアリティーは失われてしまう。トニ・モリスンは巧みなストーリーテリングを披露している一方で、その黒人・白人像はステレオタイプ化を免れている。

特殊な時間展開——ルルフォの『ペドロ・パラモ』

　次に特殊な時間展開を作り上げたものとして、フアン・ルルフォの『ペドロ・パラモ』を紹介しよう。フアン・ルルフォ（一九一八—一九八六年）は、生涯で中編小説『ペドロ・パラモ』と短編小説集『燃える平原』しか出版しなかったが、メキシコを代表する作家として評価されている。『燃える平原』はどれも、短編小説の見本とも呼べるような見事な構成をしているほか、多様な語りの構成を作り上げている。

『ペドロ・パラモ』は多様な解釈が可能であるが、その形式にも際立った特色がある。物語は総計七十ほどの断片から出来上がっており、語り手や視点も多様である。さらに、物語の登場人物は全員死んでおり、ほぼ全編が死者による語りに支えられている。

まず、断片①では、主要な語り手であるフアン・プレシアドが、死に際の母親に「コマラに父親を探しに行け」と言われるところから始まる。この父親というのが、ペドロ・パラモである。続く断片②でフアン・プレシアドは、コマラを見下ろす坂で、ロバ追いに出会う。ロバ追いは、自分もペドロ・パラモの息子であると名乗る。この断片②は次の対話で終わる。

「そうじゃない、町のことだ。人が住んでないみたいにひっそりしてるじゃないか。誰もいないみたいだ」

「みたいだ、じゃなくて、ほんとうにそうなんだ。誰も住んじゃいねえんだ」

「じゃ、ペドロ・パラモは？」

「ペドロ・パラモはとっくの昔に死んでるのさ」

最初の断片で予告された父親探しは、ここにあるように第二の断片でその不可能性が告げられており、読者としてはこの先どうなるのか予測がつかない。次の断片③でファン・プレシアドはコマラのエドゥビヘスという女の家に行くが、まったく人気がないようである。断片⑤で、エドゥビヘスは、ファン・プレシアドが来ることを死んだはずの母親から聞いていたことを告げる。この時点ではまだ明らかにされていないが、コマラは死者たちがさまよっている町であり、エドゥビヘス自身も幽霊である。

断片㊱になると、ファン・プレシアドは墓の中に埋められており、一緒に埋葬されているドロテアにここまでの顚末を語って聞かせていたことが判明する。さらに、ファン・プレシアドによる語り以外の部分は、死者たちの「ささめき」であり、ファン・プレシアドはその「ささめき」に殺されたのだということがわかる。

物語が分割され、断片的に語られているため、情報が小出しにされるので、全体をつかむのが難しい。では、なぜこのような構成になっているのだろうか。『ペドロ・パラモ』は円環的構造を体現したおそらくは最初の小説だろう。時間軸上、本書の最後の断片が冒頭のファン・プレシアドがコマラを訪れるシーンにつながるようになっており、最後まで読むと最初に戻る構成になっているのである。従って結末というものがなく、ループしてしまう。そしてこの小説は、最初に戻ってから読み直すと、一度目にはよくわからなかったことがよくわかる仕掛けになっている。

逆に言うと、一回目の読みですべてをつなげるのは難しい。ループするテクストを何度かまわってようやく全容がわかる。読者も、死者たちのささめきとともにコマラをさまようことになるのだ。

では、このような奇妙な構成にすることによって、どのような効果が生まれているだろうか。『ペドロ・パラモ』を構成する断片は、全編が死者たちの「ささめき」であり、その語られるエピソードはほとんどが悲しい。その悲しいエピソードを断片化し、ぶつ切りにすることによって、叙述が抑えられ、余韻の多い文体になっている。

ファン・プレシアドが最初にコマラを訪れるシーンで、次のような会話がなされている。


「下の方に見えるあの町はなんていうんだい?」

「コマラだよ、旦那」

「ほんとにあれがコマラかい?」

「そうさ、旦那」

「だけど、なんであんなにひっそりとしてるんだ?」

「時の流れってやつだよ、旦那」


ここで「ひっそりとした」と訳されている部分は原語ではtristeであり、「悲しい」という意味もある。この小説はもの悲しい「過ぎ去った過去」自体がテーマになっているといってもいいだろう。このテーマと、「記憶の断片」という文体が適合している。また、全体を通じて残酷な現実が語られるものの、やはり直接的には描かれない。ペドロ・パラモは少年時代に父親を殺されているが、そのシーンは次のように語られている。

「どうして泣くんだい、母さん」足が床につくやいなや、そこにいるのが母親であるとわかったのだ。

「父さんが死んだんだよ」

(……………)

表の中庭では、行ったり来たりする足音が聞こえる。くぐもった物音。家の中では、女が戸口に立ちつくして、体で朝の訪れをさまたげている。腕のあいだからは空の切れ端が見え、足元には光が射し込んでいる。光がこぼれて、床はまるで涙で濡れたようになっている。それから例の啜り泣きだ。やわらかだが甲高いあの啜り泣きがふたたび聞こえてくる。身をよじらせる悲しみ。

「父さんが殺されたんだよ」

「じゃ母さんを殺したのは誰?」


抑えられた描写であることがわかるだろう。この断片の最後は「父さんが殺されたんだよ」「じゃ母さんを殺したのは誰?」で締めくくられている。「父さんが殺されたんだよ」という母親のセリフは、すぐ前に出てくるセリフの繰り返しであるが、繰り返されることによって悲しみが強まっている。そして「じゃ母さんを殺したのは誰?」というセリフは少しわかりにくいが、ペドロ・パラモの死後のセリフと考えられる。「どうして泣くんだい、母さん」という少年ペドロ・パラモのセリフでは、「母さん」と訳されているところにmamá（ママ）という単語が使われているのに対して、この最後のセリフではmadre（母）という語が使われているからである。どうやら母親も殺されたらしいが、それ以上は詳しく語られてはいない。このように、気になる文やセリフで断片をぶつりと終わらせてしまうので、余韻が残る。

「記憶の断片」の形をとることによって、この地上ではすでに失われてしまったこととして、ひっそりと伝達されるため、この世のはかなさ、残酷さがじんわりと伝わるようになっている。後にも述べる通り、物語においては、詳しく説明しすぎないこともテクニックの一つである。詳しく説明されれば余韻が出るはずはない。語られない部分を読者が様々に補うように仕向けることによって、情感がでるのである。

最近、エンターテインメント作品を中心に増えている時間ループ物は、登場人物が同じ時間を何度もやりなおすが、円環構造を取る『ペドロ・パラモ』は異なる。世界は一つしかなく、読み手自身がループする。

円環的構造はラテンアメリカ文学の特徴となっており、ガルシア＝マルケスの『百年の孤独』や、ロベルト・ボラーニョの『２６６６』などにも採用されている。また、マイナーであるが、チベットの文学がルルフォの語りの構造を受け入れて独特の文学を作り上げている。チベット仏教的な転生の思想と、ルルフォやボルヘスが提示した小説構造の相性がよいためであろう。中でも阿来『空山』は完成度が高い。ルルフォ、ガルシア＝マルケス、ボラーニョ、ボルヘス、阿来と、円環的構造を用いながら、異なった小説になっている。読み比べてみるとおもしろい。

創作への応用――『ドラゴン桜』『暗殺教室』『スラムダンク』

構造主義的な物語論は、小説の背後にある設計図を明らかにするものであった。その設計図は、物語を作ろうとする際にも役に立てることが可能である。主にプロップの機能論に依拠した創作理論を展開しているものに、大塚英志の『ストーリーメーカー――創作のための物語論』などが挙げられる。これ以外にも大塚は数多くの物語論を応用した創作実践の方法を提示していることで知られている。

大塚が明らかにしている通り、特にエンターテインメント系の物語は、「物語の文法」に基本的に忠実なので、まずはそのつくりを学ぶことは非常に有効だろう。その基本は、スタート時点で主人公には何らかの不足がなければならない。もし不足がないのであれば、何らかの危機的状況が最初に発生しなければならない。すると、それを充足させることが物語の目的として設定される。

物語の目的の設定には、極端な構図を取ることが多い。中学や高校を舞台とする物語を考えるとしよう。高校生活にとって、重要な要素を考えてみると、典型的には恋愛、部活、受験などが挙げられるだろう。ここで、物語の要素として受験を選んだとしよう。どのような構図が取りやすいだろうか。

東大卒の父親の元、幼少のみぎりからよい教育を受け、中学・高校ともに偏差値七〇のエリート校に通い、難なく東大に合格する話だろうか。

このような人物は、現実世界では毎年一定の人数がいるだろう。しかし、おもしろいエンターテインメントにするのは難しい。むしろ、「バカとブスこそ東大へ行け」のフレーズを打ち出した『ドラゴン桜』のように、偏差値三〇の落ちこぼれが数々の困難を克服していく図式のほうが、はるかに作りやすい。「学年で成績がビリのギャル」が慶應大学に合格する話も同じ構図だし、「落ちこぼれのクラス」を舞台とする『暗殺教室』も同様である。

「不良」や「ギャル」「いじめられっ子」など、一般に「劣っている」とされる人物は、設定として使いやすい。その場合、敵対する役割は「優等生」「生徒会長」などが採用しやすくなる。実は、優等生は裏の顔があって、悪事を働いており、「不良」側を陥れるパターンが典型的である。こうした物語に関して以前、新聞の投書欄で「不良をよく描き、優等生を悪く書くとはけしからん」という趣旨のものを読んだことがあるが、ナンセンスだ。確かに多くの場合、優等生は優等生で、不良は不良である。「不良」が善、「優等生」が悪という構図は、リアリズムではない。しかし、優等生がそのまま優等生である話は、エンターテインメントの物語にはならない。

初期段階が優等生であるならば、逆に堕落するのが物語である。森鷗外の『舞姫』にしても、神童と言われ続け、官費でドイツ留学を果たした一族期待の星である主人公が、貧しい踊り子と恋に落ち、出世の道を失ってしまう。しかし、その後に出世の道を助けてくれる友人が現れるが、逆に女のほうを捨てざるを得なくなる。

偏差値三〇の高校生が東大を目指す話では、もちろん数々の困難が降りかかるはずで、今度はその困難を設定することになる。典型的にはライバルの存在、家庭環境その他、主人公の学習を阻害する要素などが付与される。これを克服するのは簡単ではなく、救助者が必要となる。『ドラゴン桜』では、先生がこの救助者の役割を果たしていた。また、「困難の克服」に敵対者を設置した場合、その敵対者を倒すことによって、仲間になるパターンが多い。物語の初期段階においては、仲間集めを行う必要があるが、最初から友ではおもしろくなく、敵対者としてまず現れ、それを克服することによって仲間を作る。

同様に、「高身長、高学歴、高収入の男が、美女とくっつく話」もおもしろくしにくいし、「圧倒的運動神経を持つ天才的主人公がエリート高校に入ってあっさり全国制覇」もおもしろくない。バスケットボール漫画『スラムダンク』の主人公、桜木花道は、高校に入って出会った女の子（赤木晴子）のために、初めてバスケットボールをすることになる。初心者であることによって、成長の余地ができるのである。

バスケットボールはメインプレイヤーが五人ということで、『スラムダンク』の前半では、仲間集めが語られる。中でも最後に加わる三井寿はケガによる挫折から不良になり、バスケットボール部をつぶそうとするキャラクターとして登場する。敵役が仲間になる典型例である。『バクマン。』は漫画家を目指す話だが、やはり漫画家のライバルが数多く登場する。しかし、そのライバルも、困難の克服を契機として仲間になっていく。まったく違うモチーフながら、構図は同じだ。

恋愛物語も、基本的には状態の変化と何らかの欠如が必要で、困難に打ち勝たなくてはならない。『花より男子』では、金持ちの子弟ばかりが入る高校に、一人だけ一般庶民の女の子・つくしが入学する。その学校を取り仕切っている男子高校生集団がＦ４で、つくしは彼らによっていじめの対象にされてしまうが、克服してＦ４の一人と恋愛感情が生まれるも、簡単には成就しない構成を取る。

以上のように、エンターテインメントを考える場合には、物語論の分析が典型的なパターンを教えてくれるのである。

単線的な『半沢直樹』、複線的な『進撃の巨人』

日本の多くのテレビドラマは、全体として一つの大きな枠組みが与えられることが多いものの、一話で一つのシークエンスが完結する仕組みになっている。つまり、問題（何らかの危機）の発生→解決方法の発見→解決が一つのセットになっている。例えばドラマ『半沢直樹』は銀行員の半沢を主人公としたドラマで、大きな枠としては、かつて自分の父親を自死に追い込んだ銀行員への復讐という課題が与えられている。もう少し小さい枠としては、半沢を常に阻もうとする浅野支店長との戦いの克服というシークエンスが与えられている。

ただし、全体を通じて引っ張られる「謎」は必ずしも多くなく、基本はあくまで一回解決型であり、その話で与えられた困難のほとんどがその話で解決される。回をまたぐ謎は、父親を陥れた銀行員の正体は誰か、くらいであり、解決されない謎が複雑に絡み合うことは少ない。その「大きな謎」も、小ボスの浅野支店長に勝利を収めるとすぐに明らかにされる。ごく単純に言えば、「浅野支店長との戦い」編が困難①→困難②→困難③、「最後の敵との戦い」編が困難①→②→③と順を追って展開されているのである。こういう物語を単線的な物語と呼ぼう。日本のテレビドラマはワンクールが十二話以内と比較的短いため、壮大な物語を組みにくいのと、おそらくは途中から見始めてもわかるようにとの配慮のため、ほとんどが単線的な物語である。

一方、「謎が謎を呼ぶ展開」と言われるものがある。これをここでは複線的な物語と呼ぶことにする。複線的な物語とは、物語論的な分析で言えば、閉じられないシークエンスが数多く存在することだ。閉じられないシークエンスは人をハラハラさせる。語源的な意味でのサスペンスの効果である。サスペンスとは、「途中で止める、ぶらつかせる」の意味で、これを効果的に使用するのが、引き付ける技となる。アメリカのテレビドラマなどは一つの話を長く作れるため、閉じられないシークエンスを多く作り、複雑にしていくことが多い。複雑な分、設計するのは難しいが、うまくいけばエンターテインメントとしてこれ以上ないおもしろさを演出することができる。

解決されることなく進むというのは正確に言えば正しくない。少しずつ解決される。ところが、一つの謎が解決されることによって、さらに複数のシークエンスが開かれてしまう形をしているのである。これが「謎が謎を呼ぶ展開」であり、複線的な物語である。絡み合った複雑な謎を、クライマックスで一気に解決に持っていくと、盛り上がりが最高潮に達する。

日本の漫画は人気があれば続けるシステムが採用されているためか、壮大な物語を描きにくく、単線的な物語が多い。そのなかで、複線的な物語を採用して多くの読者を獲得している漫画が『進撃の巨人』である。先に分析した『新世紀エヴァンゲリオン』も複線的な物語である。使徒とは何なのか、エヴァンゲリオンとは何なのか、なぜシンジは乗らなくてはならないのか、ゼーレとは何か、人類補完計画とは何か、ヒロインの綾波レイとは誰なのか、などなど、様々な謎が開かれ、解決されることなく進んでいく。

読者を欺く展開の「コマドレス坂」

私たちは何らかの物語を読むとき、その都度、先の展開を予測しながら進んでいく。次の文が来るたびにその予想は増幅され、修正されていく。書き手のほうとしても、読者の読みを誘導することが可能である。探偵物語では、最も疑わしい人物は犯人ではなく、むしろ次に殺される人物であることが多い。しかしこれはもう読者にとっても周知のことであり、裏切ることにはならない。真犯人の候補を分散させ、あらゆる人物が疑わしい方向に誘導するものが多い。

マジシャンは、観客の注意をどこかに集中させておいて、注意の向かないところでタネを仕掛けている。物語でも、読み手をある方向に誘導しておいて、それを裏切ることによって、「意外な展開」にすることができる。「意外な展開」にするためには、読者をできるだけ間違った方向に引き付けることが重要で、それを突然正しい方向に誘導することによって、劇的な効果を生むことができる。

フアン・ルルフォの短編「コマドレス坂」（『燃える平原』所収）を見てみよう。

死んじまったトリコ兄弟は、おれと仲がよかった。サポトランの町じゃ、みんなから嫌われてたかも知んねえが、おれとは死ぬ間ぎわまで仲がよかったんだ。二人はあのあたりじゃたしかに嫌われてたけど、それはたいしたことじゃねえ。おれだってあの町じゃ、けむたがられてたほうさ。サポトランの連中は、コマドレス坂に住んでたおれたちを、あまりいい目で見てなかったからな。昔っからそういうとこがあった。

もっともトリコ兄弟は、コマドレス坂でもみんなから嫌われてたけどな。おかげでいざこざが絶えなかったよ。あの辺の土地や家屋はのこらずトリコ兄弟のものだったといってもいいくれえだ。

この「コマドレス坂」冒頭の語りを読んで、読者はどのような予想を立てるだろうか。まず「死んじまったトリコ兄弟は、おれと仲がよかった。」とあるので、語り手とトリコ兄弟の仲が良かったことがわかる。さらに、そのトリコ兄弟は町の人々から嫌われていたことが語られている。とするならば、トリコ兄弟がどのように死んだのかが明らかにされるであろうという予測が立てられるだろう。また、トリコ兄弟との思い出が語られるだろうという予測も立てやすい。さらには、みんなから嫌われてはいても、実はトリコ兄弟にはいい側面があったことが語られるかもしれない。「コマドレス坂」の語り手は明らかに最初、そのような展開を抱かせるように、読者を誘導している。

この後、多くの読者が思う通り、トリコ兄弟の思い出が語られる。しかし、そこに書かれるトリコ兄弟の様子は、悪党そのものである。果たして、「仲がよかった」と言う語り手との間の、友情や、悪党そのもののトリコ兄弟の別の側面は語られるのだろうか。

前半が終わる。すると、一行空けて、突然次の文が来る。

レミヒオ・トリコを殺したのはこのおれだ。そのころこの辺にゃ、もうあまり人がのこっていなかった。

殺したのは語り手自身だったのである。それまでに読み手を別の方向に導いているので、この突然の宣言に驚かされることになる。読者はここで、それまでの読みの修正を迫られることになる。後半になると、実はこの語り手こそが、極悪非道なのではないかという読みもできるようになる。

ジャンルを逆手に取る――『ワンパンマン』『まどか☆マギカ』

物語論が明らかにした通り、まったく新しい物語を作ることは難しく、ほとんどは過去の物語に類似している。また、長い物語の歴史の中で、探偵もの、バトルもの、恋愛もの、など、さまざまなジャンルが出来上がっている。ジャンルとは、基本的な構造を同じくする作品群である。そのジャンルにはジャンルなりの決まった展開の仕方や、キャラクターの役割があるし、読者もそれを知っている。

これを逆手にとって、あえて少しずらす方法を取ることもある。『ワンパンマン』は、強敵に苦戦し、修行の後に最終的に勝利するというバトル漫画の常識を逆手に取ったもので、主人公は一撃で敵を倒せてしまう。『魔法少女まどか☆マギカ』は、「魔法少女もの」と呼ばれる一連の作品を下敷きにして、それをずらしたことによって、意外性が生まれた。第一話では平凡で幸せそうな家庭、かわいらしい少女をあえて描いている。これによって、見ている人を、魔法少女が活躍する通常の物語へと方向づけしているが、ダークな展開に持ち込まれる。見ている人を裏切っているのである。また、魔法少女ものではしばしばマスコット的キャラクターが登場するが、『魔法少女まどか☆マギカ』でもかわいい動物のようなものが登場する。このマスコットも、その愛らしいルックスと、通常のマスコットキャラクターの役割によって読み手を方向づけているが、それがやがて裏切られることになる。

おもしろい物語の構造とは

本章では、物語の展開方法を分析した。特にエンターテインメント小説は、ほとんどが抽象的な構造においてて似た形式を取っている。その法則からずれているものはあまり多くない。というより、法則からずれたもので、エンターテインメントとしておもしろいものを作るのは難しいのである。

しかし、展開方法もキャラの役割も、ほぼ同じであっても、多くの人を引き付けるものと、引き付けないものがある。どうした要素が人を「おもしろい」と感じさせるのか、と考えるのは、物語論的な課題だろう。それは、展開だけではもちろんないし、さまざまな要素から考えることができる。

一方、エンターテインメント的な図式があまりにも明白であると、作り物であることが明らかになってしまう。すると、リアリティーが失われがちで、文学的な作品としては成立しなくなることが多い。文学的な作品でも展開のつけ方に凝ることもあるが、その凝り方はエンターテインメントと似ている場合もあれば、同じではないものもある。

本書で紹介した事例はごくわずかである。「おもしろい」と思った物語がどういう構成をとっているか、本書の議論を参考にして考えてみるといいだろう。果たしてここで提示したとおりの法則になっているのか、それとも何らかの違う点が見いだせるのか、考えることができるだろう。

第八章　叙述のスピードと文体

省略する方法——カフカ『田舎医者』

物語の時間は、どのような順序で語るのか、どのくらいの速度で語るのかが二大要素であった。順序については、前章で見た展開の問題に組み込むことができるので、本章では速度の問題を中心に、実例に即して分析してみることにしよう。

物語は、要約するところは要約的に語ることができるし、じっくり集中的に語るべきところはじっくり語ることができる。要約的に語るというのは、一定の長さの時間を圧縮することなので、語りの速度は速い。一方、短い時間を長く語れば語るほど、語りの速度は遅くなる。このスピードの緩急をつけることによって、様々な効果を生み出すのである。

また、物語の時間的特徴として、物語現在が現在とされることを指摘した。物語現在が現在になるとはどのようなことなのか、臨場感が出るパターンと、そうではないパターンではどのように違うのかなどの問題も考えてみよう。

物語の叙述には速い、遅いがある。物語現在を克明に描き、描写を多くし、速度を速くすると、リアリティーが増したり、臨場感が出たりする。ドストエフスキーの『罪と罰』から、詳細な描写を見てみよう。

青年が通された小部屋は、黄いろい壁紙がはりめぐらされていた。窓辺にはゼラニウムの鉢がいくつかと、モスリンのカーテンがあった。夕陽がそれらすべての上に、どぎつい光をあびせていた。（……）部屋のなかには特別なものはなにもなかった。黄いろい木の家具は、どれもひどく古びていた。そりかえった背もたせのある長椅子がひとつ、その長椅子とむかいあう楕円形のテーブルがひとつ、窓と窓とのあいだの壁を背にした化粧台と窓がひとつずつ、他の壁にそって椅子がいくつか、それに、小鳥を手にしたドイツ人の令嬢たちを描く安物の版画が二つか三つ——これが調度類のすべてであった。

この描写では、小部屋がかなり詳細に描かれている。部屋の描写は、時間を進めることがないので、ジュネットの用語では休止法にあたる。時間的な展開をせず、静的な描写を続けることで、作品世界のリアリティーが増す。しかし、部屋の描写をこれだけ長くすると、読み手によっては退屈に感じるだろう。

逆に、必要な描写や説明すらもあえてしないことによって効果を挙げる場合もある。緩急の使い分けが重要である。

カフカの短編小説『田舎医者』の例を挙げよう。主人公は、十マイル離れたところにいる重病の患者のところに往診に行かなければならないが、馬が前の晩に死んでしまっている。村の人も貸してはくれない。その状況の中で、次のように語られる。

もはやすべがないのだ。腹立ちまぎれについ思わず、この数年来ほったらかしで半ば壊れた豚小屋を蹴とばした。戸が開いてバタついている。すると中から馬の体温と体臭のようなものがただよってきた。馬小屋用のカンテラがぼんやりと揺れている。一人の男が仕切り部屋にうずくまっている。青い目の、あっけらかんとした顔を上げ、四つん這いで這い出てきた。

「馬に用ですかい？」

もはやどうしようもないと思った医者は、数年間使われていない豚小屋を蹴とばす。すると突然馬の体温と体臭が漂ってきて、しかもそこから一人の男が出てくるが、その理由は一切説明されていない。論理的につながらないことが連結され、なおかつその説明が省略されている。カフカの小説は「不条理」と呼ばれるが、論理的なつながりを説明せずに時間を展開させるために、デタラメに感じられ、一種のユーモアが出る。

余華『血を売る男』のデタラメさ

このカフカに影響を受ける形でユーモラスな作品を生み出している作家、余華をここで紹介したい。余華は一九六〇年、中国南方の浙江省に生まれて、八四年ころから小説作品を発表している。長編の代表作は『活きる』『血を売る男』『兄弟』などで、どの作品にも、不条理な暴力とその中でたくましく生きる人々が描かれている。

本書では、長編小説のうち『血を売る男』の例を見る。

「いやだ」許玉蘭がついに叫んだ。彼女は許三観を指さして言った。「どうして私をジロジロ見るの？　ニヤニヤしちゃって！」

許三観は通りを渡り、提灯に照らされて真っ赤な顔をしている女の前まで行った。

「小籠包をおごってやるよ」

許玉蘭は言った。「知り合いでもないのに？」

「おれは許三観、製糸工場で働いている」

「やっぱり、知り合いじゃないわ」

「おれは知ってるぞ」許三観は言った。「おまえは油条美人だ」

許玉蘭はそれを聞いて、ゲラゲラ笑い出した。

「あんたも知ってるの？」

「知らないやつはいないさ。……さあ、小籠包を食いに行こう」

「今日は、おなかがいっぱい」許玉蘭はニコニコして言った。「明日、ごちそうしてよ」

余華の文体はしばしば童話的だといわれるが、それは人物の行為と会話が中心に語られ、内面には踏み込まないためであり、また、表現が素朴だからである。余華は八五年ころから、文化館の仕事で民間物語の収集を行っておりその語り口にも学んでいるのであろう。

さて、引用部分で許三観は、許玉蘭をストーカーのようにつけていき、彼女をニヤニヤしながらじろじろ眺める。許玉蘭は「どうして私をジロジロ見るの？　ニヤニヤしちゃって！」と反応しているが、これはありうる反応であろう。しかし、その問いに対して、「小籠包をおごってやるよ」と許三観は答える。展開が速すぎ、かみ合っていない。奇妙なセリフである。ところが、許玉蘭は自分が知られていることに気をよくしてしまう。さらに小籠包を食べに行こうとの許三観の誘いに、「今日は、おなかがいっぱい」と断るかと思いきや、「明日、ごちそうしてよ」と答える。突然の食事の誘いに乗るだけでもデタラメだが、翌日にしろというのだから、よりそのデタラメが際立つ。

翌日の午後、許三観は許玉蘭を連れて勝利飯店へ行き、窓際の机の前にすわった。阿方や根龍と一緒に豚レバー炒めと紹興酒を味わった席だ。彼は阿方と根龍をまねて、机を叩きながら店員に注文した。

「小籠包を一人前」

彼は許玉蘭に小籠包をおごった。許玉蘭は食べ終わると、まだワンタンなら行けると言った。

許三観はまた机を叩いた。

「ワンタン一丁」

さらに、許三観とレストランに行った許玉蘭は、ひたすら食べる。小籠包だけでなく、ワンタンを一人前食べ、食後に梅を食べた後、スイカを半分も食す。よく知らない男におごってもらうのに、これだけの量を食べると言うのもデタラメである。しかし、余華はその過剰な食事のシーンを淡々と描写し、余計な価値判断を加えない。

この日の午後、許玉蘭はニコニコしながら、さらに話梅（梅干し）を食べた。話梅を食べると、口が塩辛くなったと言って飴をなめた。飴をなめると、今度は喉が渇いたと言うので、許三観は西瓜を半分買ってやった。彼女と許三観は木の橋の上に立っていた。彼女は半分の西瓜を食べ終わると、ニコニコしながらゲップを出した。彼女が体を震わせて何度もゲップをしていると き、許三観は指を折って、その日の午後の出費を計算し始めた。

「小籠包が二角四分、ワンタンが九分、話梅が一角、飴は二回買って二角三分、西瓜は半分で一・七キロだから一角七分、合計八角三分だ。……おまえ、いつおれと結婚する？」

「いやだ！」許玉蘭は驚いた。「どうして、あんたと結婚しなくちゃならないの？」

「おまえは、おれの八角三分を使った」

「あんたが自分でおごったんでしょう」許玉蘭はゲップをしながら言った。「ただだと思ったわ。食べたら結婚しろとは言わなかったもの……」

食事が終わると許三観は、突然「おまえ、いつおれと結婚する？」と持ちかける。食事をおごったから結婚しろというデタラメな論理を突き付けているのである。もちろん承諾されないが、許玉蘭が断る論理も、結婚するのであれば自分のお金になるのだから食べなかった、というものであり、デタラメである。断られた許三観は、この引用部分の後、許玉蘭の父親を買収しに行く。その父親とのやりとりもデタラメで滑稽である。さらに許玉蘭はあっさり結婚してしまうが、そこに到る詳しい経過も省略されているので、デタラメさが引き立つ構造になっている。このようにつながらないことがつながってしまう展開の仕方や、必要な説明部分を省略してつなげてしまうものは、カフカに学んだ方法であろう。

省略で愛情を描く

同様に省略を用いることによって、余華は愛情を描くのもうまい。許三観にはこの後、三人の子供が生まれるが、長男の一楽が自分に似ていないことに気づく。実は一楽は、許玉蘭のボーイフレンドであった何小勇の子供だったのだ。許三観は一楽を息子として認めない。そんな中、中国は飢饉に襲われる。トウモロコシ粥しか食べられない日が五七日間も続くと、許三観は売血によって現金を得る。許三観は、そこで一家をつれて勝利飯店に麵を食べに行くことにするが、一楽を連れて行かない。ショックを受けた一楽は、家出をして路頭に迷う。妻に迫られた許三観が一楽を見つけるシーンを読む。

「どうして帰ってきた？　いますぐ出て行くなら、まだ間に合うぞ。おまえが永遠に帰ってこなければ、おれはうれしいんだ」

一楽はそれを聞いて、ますます悲しそうに泣きながら言った。

「おなかが減って、疲れちゃって。何か食べたかった。眠りたかった。あんたはぼくを息子と認めてくれないだろうけど、何小勇よりも親切だ。そう思って、帰ってきたのに」

一楽はそう言いながら手を伸ばし、塀につかまって立ち上がると、また西に向かって歩き出した。許三観は言った。

「待て。おまえ、本気でまた出て行くつもりか？」

一楽は足を止め、肩を落とし、うなだれた。体を震わせて泣いている。許三観はしゃがんで話しかけた。

「おれの背中に乗れ」

一楽は許三観の背中に乗った。許三観は彼を背負い、東に向かって歩いた。自分の家の戸口を通り過ぎ、路地を抜けて大通りに出た。つまり、あの町を流れる河のほとりを歩いているのだ。許三観は相変わらず、一楽を罵っていた。

「このガキめ、チビのろくでなし、バカ野郎、おれはいつか、おまえに腹を立てて憤死するだろう。おまえは勝手に出て行って、誰かに会えばすぐよけいなことを言う。町の人はみんな、おれがおまえをいじめていると思うだろう。血のつながっていない父親が毎日、おまえを殴り、おまえを罵っていると思うだろう。おれは十一年、おまえを養ってきたが、結局のところ、本当の父親にはなれなかった。あのバカ野郎の何小勇は、一銭も出していないくせに、おまえの本当の父親だ。おれみたいに運の悪い男はいない。来世では、死んでもおまえの父親にはならないぞ。来世では、おまえがおれの血のつながっていない父親になれ。待っていろ。おまえを来世で、とことん痛めつけてやるからな……」

一楽は勝利飯店の明るい光を目にした。そこで、おそるおそる許三観に尋ねた。

「父さん、ひょっとして僕に麺を食べさせてくれるの？」

許三観は一楽を罵るのをやめ、突然やさしい声で言った。

「そうだ」


（一部改訳）

それまでのシーンと同じく、許三観は一楽を罵り続ける。地の文による時間的展開は非常に少ない。逆に罵りの言葉が比較的長い。そこに「一楽は勝利飯店の明るい光を目にした」という文が出てくる。許三観の内面描写を一切行わず、急激に切り替えているため、読者はハッとさせられる。次のページではもう二年後の話に飛ぶ。一楽と麺を食べる場面も、父へと成長する許三観の心理の移り変わりも一切描かれていないが、最後の「そうだ」の一言に、父親としての愛情が集約されている。ここまでの許三観は破天荒で好色な青年として描かれているが、この四行だけで父親への変奏を表しており、強く余韻が残る書き方になっているのである。

余華は『血を売る男』の次に、『兄弟』という長編小説を発表している。こちらも前半はバカバカしさと愛情が描かれた秀作であるが、後半は圧倒的にバカバカしく、卑猥である。中国文学の授業で課題図書の一つに入れておいたら、「読ませるだけでもセクハラ」と言われてしまった。非常にクセの強い小説である。その点はあらかじめことわっておくが、前半と後半のテイストの違いを含めて、読んでもらいたい小説である。

タルコフスキーの時間展開

小説と同様、映画にも叙述の速度がある。前章でも紹介した『シン・ゴジラ』は、カットの数が多く、展開の仕方が非常にスピーディーである。緊張感を出すためには、このスピーディーな展開の仕方が合っているし、エンターテインメントとして観客を飽きさせない効果がある。

対極に位置するのがしばしば「芸術的」とされる映画である。ある種の「芸術的な映画」では、ワンカットが非常に長く、展開が遅い。また、ゴジラに見られたような物語の危機も少ないため、メリハリが少なく、退屈に感じられる。そうした映画の作り手としては、まずタルコフスキーが挙げられる。タルコフスキーの映画はどれも展開が比類のない遅さである。例えば『ストーカー』は、ストーリーを簡単にまとめるとすれば「ある時、ゾーンと呼ばれる謎の空間が出現する。その真ん中にはあらゆる希望が叶う部屋があると言われているが、到達は（なぜか）極めて困難である。その場所に密かに案内できるのが「ストーカー」であり、そのストーカーが作家と大学教授を連れてゾーンへと向かう」話である。これだけ見ると、SFファンタジーのようであり、面白そうである。しかし上映時間三時間で、実際のところほとんど何も起こらない。命がけでピクニックをしているのだが、特別な危機もそれほどない。何かに襲われるわけでもない。一度、授業で扱おうと思い、試みに最後の二十分のみを学生に見せたことがあるが、超スローペースなものだから、起きていられるものがほとんどいない有様であった。

『ストーカー』をはじめとするタルコフスキーの映画は映像美で知られ、また哲学的なテーマを扱っている。このため、長いワンカットと遅い時間の進みによって観客は内省を迫られる。また、間を取ることによって叙情性を高めることができる。逆にテンポよく進んでいくと、情感は高めにくい。テンポが遅く、叙情性の高い代表的な映画作品としては他にもギリシャのアンゲロプロス監督の『永遠と一日』『ユリシーズの瞳』『霧の中の風景』、スペインのビクトル・エリセ監督の『ミツバチのささやき』『エル・スール』、台湾の侯孝賢《ホウシャオシエン》監督の『恋恋風塵』、日本では小津安二郎の映画が挙げられるだろう（ただ、これらの面々からすると、小津の映画はそれほど遅くはない）。

小説は言葉のみでできているため、要約的な語り方は難しくない。一方、映画などでは、物語現在を映像という形で映すことになるので、要約的に撮るといっても限界はある。そんな中で、アンゲロプロス監督の『ユリシーズの瞳』には、十分ワンカットで何年間もの時の流れを表す幻想的なシーンがある。

ライトノベルの体験性

前章で、ゲームは物語を体験できる媒体であると述べたが、最近ではライトノベルを中心とする小説作品も、ゲームと同様に体験性が重視されているようである。体験性を重視するライトノベルでは、語り手が物語現在内部に入り込んだ語り方になる。この時に使用されるのが、日本語に特徴的なオーバーラップした語りである（第四章参照）。

俺の前にあるのは、学校の正門だ。目線を挙げて上を見ると、校舎がそびえたっている。どことなくうちの高校に似ている気がしたが、学校なんてどこも似てるもんな。

「えーっと……？」

俺は今の今まで、パソコンルームにいたはずだ。佐倉さんから受け取ったゲームを始めるところで……。

「リアルモードって、まさか……？」

まさか……だが、そういうことしか考えられない。俺はゲームの世界に入ったのだ。

「すっげーリアル……。嘘だろ？」

だが、試しに門に触ってみようとすると、俺の手は動かない。足も同様だ。

どうやら、ここは「リアルモード」のゲーム世界で間違いないようだ。

そのとき、校舎の方からチャイム音が鳴り響いてきた。

「……なんのチャイムだ？」

この景色を見る限り、朝っぽいけど。そう思って校舎の時計を見ると、時計の針は8時半を指している。うちの高校だったら、ちょうど始業時間だ。

そう思ったとき、背後から急にパタパタという足音が聞こえてきた。

（長岡マキ子『絶対にラブコメしてはいけない学園生活24時』）

考えてみれば、常に「現在」に生きている私たちは、その現在の状況を推測し、判断し、疑問を抱きつつ生きている。なかんずくエンターテインメントの主人公は平凡な日常を過ごしているわけではなく、何らかの事件に遭遇している。となれば、その周りの状況に対しての疑問、判断、推測の文が多くなるのは必然である。現実の人間は周囲の判断をいちいち言語化せず、無意識的に行っている場合も多いが、小説の場合には言葉にする必要がある。

引用した文の地の文を見てみよう。ほとんどは主人公がその場で抱いた疑問、判断、推測だ。主人公に同化した語りになっているのである。こうなると、現在性が非常に高い。単に臨場感が高いというだけでなく、主人公と同じ体験をさせるための文体であろう。

もちろん、完全に主人公の意識どおりではない。例えば「俺の前にあるのは、学校の正門だ。目線を挙げて上を見ると、校舎がそびえたっている。どことなくうちの高校に似ている気がしたが、学校なんてどこも似てるもんな。」では、「俺の前にあるのは」「目線を挙げて上を見ると」などは完全に読者に向けられた説明だ。本当に物語現在の人物の意識であったなら、こんなことまでいちいち報告していたら忙しくて仕方がない。もし忠実に人物の意識だけでやろうとすれば、「学校の正門ぽいな。校舎だ。うちの高校に似てる気がするなあ。でも学校なんてどこもこんなもんか」のような文体になるだろう。その意味で、主人公の意識にかなり高いレベルでオーバーラップしてはいるが、物語的語りに違いはないのである。

これに関連して、エンターテインメントでは直接話法による会話の占める割合が高いのが一般的である。直接話法の会話は物語現在で行われていることなので、やはりその現場の「現在性」が高まる。地の文は、主に何が起こったか、あるいは周囲の状況がどうであるのか、主人公がそこで何を思ったかが語られる。あくまでも状況の説明をするためのものになるのである。

説明、描写、出来事の叙述

小説の地の文を、ここでは「説明、描写、出来事の叙述」の三つに分けて考えてみよう。最近、高校生や大学生の創作文を読むと、まずキャラクター紹介の説明文から始まるものが多い。これは、ライトノベルなどの影響を受けたものであるらしい。ライトノベルなどでは、次のようにキャラクターの説明文が出てくることが多い。

風紀委員の佐倉凜音は、クラス一の美少女だ。それはクラスメイトの誰もが認めるだろう。サラサラのボブヘアに、ぱっちりとした愛らしい目。いつも笑っているように見える、ピンク色の唇。

（長岡マキ子『絶対にラブコメしてはいけない学園生活24時』）

一般に、文学的な小説では、「説明はせずに描写せよ」と言う。「かわいい」ことを書くのに、「かわいい」と言うのではなくて、それを具体的に、出来事の中で表現していくのが物語化することである。というのも、「かわいい」のような表現は抽象的なものであって、どのようなかわいさがあるのかが重要になってくるからだ。

ライトノベルは、おそらく映像などと同様の表現方式を取りたいのだろう。キャラクターを出来事の中で描写するのではなくて、まずその設定を説明してしまって、そのキャラがどう動くのか、物語展開のほうが重視されている。

さて、ここからはガルシア＝マルケスの『百年の孤独』の文体を細かく見ながら、描写と出来事の叙述方法、そして叙述の速度について考えてみよう。

ガルシア＝マルケスと新聞記事の文体

コロンビアの作家、ガブリエル・ガルシア＝マルケスは、二十世紀を代表する作家のひとりで、その文体は「魔術的リアリズム」と呼ばれ、世界中に影響を与えた。学ぶべきところが非常に多いので、ここで詳細に分析する。創作にも役立つに違いない。

ガルシア＝マルケスは小説家になる前、新聞記者をしていた。新聞記者といっても、報道というよりはルポルタージュ作家のようなものだったようだ。このころの様子については、自伝『生きて、語り伝える』に詳しく書いてある。この自伝は、自伝とはいいながら、単に自分の人生を振り返っているだけでなく、豊かな物語となっており、おもしろい（ちなみにガルシア＝マルケスは自伝の中で、マスコミも「結局のところフィクションの一ジャンル」だと述べており、示唆的である）。

ガルシア＝マルケスの代表作『百年の孤独』の文体は、新聞記事にも似ていると評されることが多い。では、新聞記事というのは、どういう特徴があるだろうか。二〇一四年一月二十九日の記事（Yomiuri online）を一つ挙げてみよう。

29日午前6時50分頃、埼玉県川越市藤間の東武東上線上福岡―新河岸駅間の踏切で、下り普通電車が軽乗用車に衝突した。

車は無人で、電車の運転士と乗客約300人にけがはなかった。

川越署の発表によると、同市の会社員女性（41）が踏切手前で軽乗用車を降り、郵便を投函している間に車が踏切内に入ったという。遮断機は下がった状態で、女性は「戻ろうとしたら車が動いていた」と話しているという。同署は女性がブレーキをかけていなかったとみて調べている。

この事故で、乗客は約700メートル離れた新河岸駅まで線路を歩いて移動した。志木―小川町駅間で運転が見合わされたが、同日午前11時25分に再開された。約9万5000人に影響が出た。

また、同線に乗り入れている東京メトロ有楽町線、副都心線が最大20分遅れたほか、東急東横線や西武池袋線などにも遅れが出た。


何の変哲もない普通の新聞記事文体だろう。これを試みによくある小説のような文体に変換して、比較してみよう。

その日は寒い朝で、周囲の畑には霜が降りていた。おととい降った雪が、ところどころまだ溶けきらずに残っていた。女は、焦っていた。今日中に投函しなければならない手紙があったが、布団からなかなか外に出られなかったために、会社にも遅刻しそうであった。運悪く、踏切の所で遮断機がおりてしまった。「ああ、どうしよう」と女は思った。ここの遮断機は、一度おりるとなかなか上がらない。ちょうど、その踏切の手前にポストがあるのに気がついた。彼女は慌てて外に飛び出し、手紙を投函した。すると、車が動きだした。電車が、うなりをあげながらやってくる。このままでは衝突してしまう。でも、なすすべはない。……

私が作った文なので、下手な描写と思われるかもしれないが、「小説などでよく見る形」にはなっていると思う。元の記事と、書き換えた文は、以下の点が異なる。

①新聞記事は出来事中心で、描写が少ない。
②小説文のほうは、描かれている時点が現在であるかのように書かれている。
③小説文のほうは、女性の視点から描かれている。

小説の文は、時間に関係なく常に成立することを表す説明文、その時点での状況や風景などの描写、「何が起こったか」という出来事の叙述に分けられる。描写は、その描かれている場面に属するが、時間を進めない。書きかえたほうには、寒い朝だったとか、周りが畑だったとか、雪が残っているといった状況の描写を追加してみた。

元の新聞記事のほうは、「いつ、どこで、何が起こったか」という出来事が簡潔にまとめられているが、その周囲の状況だとか、風景などの描写はあまりされていないのがわかる。

次に、②を見よう。書きかえた文で「ちょうど、その踏切の手前にポストがあるのに気がついた。

彼女は慌てて外に飛び出し、手紙を投函した。すると、車が動きだした。電車が、うなりをあげながらやってくる。このままでは衝突してしまう。」としたところは、まさにこの車と電車が衝突する時点に身を置くようにして叙述している部分である。

後半の「すると、車が動きだした。電車が、うなりをあげながらやってくる。このままでは衝突してしまう。」は、物語現在にいる「彼女」にオーバーラップした語り方なので、その時点が「現在」であるかのように感じられる。

書き換え文のほうが臨場感が出ているが、臨場感が出すぎると客観的にはならない。その場にいあわせて書くよりも、距離を取って俯瞰的に事実を淡々と描いたほうが、客観的になる。新聞記事は(本当かどうかは別として)、客観的事実を書いていることになっているから、文体も客観的になっている。

③は、視点の問題である。小説文ではこのように、特定の人物に視点をおいて書くことが多いが、元々の新聞記事はそうなっていない。特定の人物の視点から書いたり、心理を多く描いたりすると、やはり客観性が失われる。

あらためて元々の新聞記事を見ると、客観的な事実として電車と軽自動車が衝突したこと、被害者はいなかったこと、運転手の女性が郵便物を投函するために車を離れたこと、この事故のせいで、東武東上線が動かなくなったことなど、出来事が淡々と書かれている。さらに、必要な情報として「29日午前6時50分頃、埼玉県川越市藤間の東武東上線上福岡―新河岸駅間の踏切」と、時間と場所の詳細が書かれている。加えて「約700メートル離れた新河岸駅」「同日午前11時25分に再開された」

「約9万5000人に影響が出た」というような、具体的な数字も追加している。

『百年の孤独』――「魔術的リアリズム」の文体

『百年の孤独』の文体は、まさにこの新聞記事に近い特徴を備えている。まず、出来事が中心に叙述される。「誰が、いつ、どこで、何をした」かが淡々と並べられていく。何が起こったかだけが書かれ、その状況の描写や心理描写は非常に少ないのが特徴である。このため、『百年の孤独』は、非常に速いスピードで物語が進行していく。マコンドの町が伝染性の不眠症になるエピソードから確認してみよう。

　ホセ・アルカディオ・ブエンディアは町ぜんたいが疫病に侵されたことを知ると、各家庭の主人を呼びあつめて、不眠症について知っているだけのことを説明し、災厄が低地のほかの町にまで及ぶのを防ぐ処置をとることにした。その結果、アラビア人たちが金剛鸚哥《こんごういんこ》のかわりにおいていった鈴を仔山羊《こやぎ》の首からはずして、見張りの忠告や頼みを聞き入れないで町へはいろうとする者に使わせるために、町の入口に吊《つ》るしておくことになった。そのころマコンドの街を通るよそ者はみな、自分は病気にかかっていないということを病人たちに教えるために、その鈴を振って歩かなければならなかった。滞在中は飲み食いは許されなかった。病気が口からしか伝染しないことがはっきりしており、飲食物のすべてが不眠症に汚染されていたからだ。こうして、疫病はかろうじて町のなかだけで食い止められていた。隔離がきわめて有効に行なわれたので、しまいには、この緊急事態がごくあたり前のことのように考えられ、生活もきちんと営まれた。仕事は平常のリズムを取りもどし、睡眠という無益な習慣を思いだす者もいなくなった。

この段落では、不眠症に対してマコンドの人たちが何をしていたかばかりが書かれているのがわかる。事実が淡々と書かれているという形式で叙述されているのである。「いま、この場にいて、目撃している」という臨場感があまりないし、ある特定の人物の視点から見るということもない。こうすることによって、客観的な報告になっている。

先ほど見た新聞記事にも、たくさんの数字が出て来たが、ガルシア゠マルケスも数字を入れ込む。これは、リアリティーを担保するための方法である。不眠症のエピソードでは、「すでに五十時間以上も寝ていないことに気づいたのだ」「彼が一万四千枚近くのカードを書きあげたころである」と具体的な数字が使われている。しかし、『百年の孤独』の場合、その数字がとんでもない数になる。そのとんでもない数字と、あくまでも事実として報告する文体との間にギャップが生じる。「一万四千枚近くのカードを書きあげたころ」という書き方は、想像すると滑稽である。

このように、『百年の孤独』の文体は、書き方としては出来事中心であり、客観的な書き方である。一方で、書かれていることは、私たちの文明からするとありえないことになっている。これが、「(私たちの文明から見て)ありえないことをごく当然のこととして、客観的に書く」という「魔術的リアリズム」の文体である。

詳細情報の描写

数字を付け加えることもそうだが、『百年の孤独』の魔術的リアリズムでは、詳細な情報が付け加えられている。詳細な情報があることによって、リアリティーを獲得することになる。『百年の孤独』の場合、単にリアリティーが増すだけでなく、その詳細情報がいちいちおもしろい。これらの詳細情報を読み飛ばさずに楽しむことができるかが、『百年の孤独』を楽しむことができるかに関わってくる。

不眠症エピソードの前半では、ウルスラが不眠症を治すために鳥兜の飲み物を与えている。鳥兜は猛毒なので、幻覚をみることになる。ガルシア＝マルケスは、単に「幻覚を見た」で終わらせることはない。「レベーカは、白麻の服を着て、ワイシャツのカラーを金のボタンできちんと留めた、自分にそっくりな男から薔薇の花束をささげられる夢をみた。男のそばには白魚のような指をした女がいて、花束から薔薇を一輪ぬいてレベーカの髪に挿してくれた」というように、幻覚の内容をこと細かに書きこんでいく。

不眠症になった人たちは、暇を持てあますが、単に「暇をもてあました」で終わらせない。「まだ朝の三時だというのに、腕ぐみして時計のワルツの音符の数をかぞえる始末だった」とか、「ややこしいきんぬき鶏の話をした」と詳細化する。「ややこしいきんぬき鶏」の話は、さらに詳細化され、堂々めぐりの様子が細かく書かれる（余談だが、「きんぬき鶏」を原文で確認すると、「去勢された鶏」の意味だった。おもしろい翻訳だ）。

アウレリャノが考案する記憶喪失対策も、もちろん細かく書かれる。「鉄敷《タス》」という言葉を忘れるところから始まり、物に名前を貼りつけることを思いつく。そしてそれを「町ぜんたいに強制した」とある。このせいで、町全体のあらゆるものが、名前の書かれた紙で埋もれる。「墨をふくませた刷毛で〈机〉〈椅子〉〈時計〉〈扉〉〈壁〉〈寝台〉〈平鍋〉という具合に、物にいちいち名前を書いていった。裏庭へ出かけて、〈牝牛〉〈仔山羊〉〈豚〉〈雌鶏〉〈タピオカ〉〈里芋〉〈バナナ〉というように、動物や植物にもその名前を書きつけた」と語られていく。

この詳細化のおもしろさは、後半にある。前半部分は、「机」「椅子」など、いわゆる「物」なので、それに名札が貼ってあるのはまだいい。さらに「裏庭へ出かけて」とさりげない描写が入った後に動物や植物にまで名札が張られてしまう。過激になっている。

ガルシア＝マルケスの詳細化は、こんなところでは終わらない。「さらに日がたち、物忘れの無限の可能性について考えているうちに、書かれた名前で物じたいを確認できても、その用途を思いだせなくなるときが来ることに気づいた」ときて、〈コレハ牝牛デアル。乳ヲ出サセルタメニハ毎朝シボラナケレバナラナイ。乳ハ煮沸シテこーひーニマゼ、みるくこーひーヲツクル〉と、実にバカバカしい記述がなされている。やっている行為自体を想像すると、どんどんメチャクチャになっているし、誇張されている感じがするが、文体自体はあくまで淡々としていて、ごく普通の事のように記述してある。そのギャップがおもしろい。

修飾語部分への注目

描写は詳細なわりに、叙述の速度が速いのが、ガルシア＝マルケスの特徴のひとつだ。

このように、『百年の孤独』のおもしろさは、詳細に語られる細部にあるといってもいい。では細部を読むとはどういうことか、さらに突き詰めてみよう。

小説や映画のストーリーを要約するとなると、どのようにするだろうか。「誰々が〜をして、それで誰々が〜をしたら〜になった」というように、誰かが何かをしたこと、あるいは起こった出来事を中心に語ることになる。文法的に言えば、要約で残るのは主語と述語である。それ以外の部分は、修飾語になる。修飾語というくらいだから、普通は飾りにすぎない。筋の展開が重視されるエンターテインメントの小説の場合には、読者が気になるのは、「次に何が起こるか」だから、「誰が何をしたか」「何が起こったか」という主語と述語が中心に読み進められる。

『百年の孤独』は、出来事の叙述が中心なので、基本的には「誰々が〜をした」という主語と述語が中心となって物語が展開していく。ところが、その面白さは、実は主語と述語だけにあるのではない。むしろ、主語と述語を彩る、修飾語の部分がとてつもなくおもしろい。なぜなら、荒唐無稽な詳細情報は修飾語の位置に書いてあるからだ。一例を挙げよう。

> その結果、**アラビア人たちが金剛鸚哥のかわりにおいていった**鈴を**仔山羊**の首からはずして、**見張りの忠告や頼みを聞き入れないで町へはいろうとする**者に使わせるために、町の入口に吊るしておくことになった。

太字の部分が修飾語である。ただの鈴ではない。それは「アラビア人たちが金剛鸚哥のかわりにおいていった」鈴なのだ。この短い文の中にも、いろいろな物語が潜んでいることがわかる。まずマコンドの村にアラビア人の商人たちが来ているということがわかるし、このアラビア人たちは、金剛鸚哥と鈴を交換して持って帰ったことがわかる。金剛鸚哥はペット用だろうか。「アラビア人」と「金剛鸚哥」の取り合わせも、さらりと書いてはいるが、想像力をかきたてられる。

さらに、マコンドの人たちはそのアラビア人が置いていった鈴を「仔山羊の首からはず」すというのだから、仔山羊の首にかけてあったこともわかる。その鈴は大した価値のないものと見なされたのだろう。そしてその仔山羊が付けていた鈴を今度は外部から来た人につけさせるわけだ。外部の人間が仔山羊扱いされているようである。その外部の人も「見張りの忠告や頼みを聞き入れないで町へはいろうとする」者、と詳細化されている。マコンドの人たちは町に入るのを阻止しようとするものの、突破されてしまう。この一文だけをとっても、普通の小説なら一場面にしたてあげそうだ。

修飾語というのは本来脇役である。脇役だから、伝えるべき大切な情報は置かれない。つまり、ガルシア＝マルケスの文章というのは、本来読み飛ばすはずの修飾語の位置に、膨大な量の物語が詰め込まれているのである。とにかく密度が濃い文である。

さらに指摘しておきたいのは、修飾語となる形容詞の使い方だ。いくつか例を見よう。

仕事は平常のリズムを取りもどし、睡眠という**無益な**習慣を思いだす者もいなくなった。

単に「睡眠という習慣を思いだす者もいなくなった」ではなくて、「習慣」の前にひと言、「無益な」という形容詞が使用されている。睡眠というのは普通、私たちの最も基本的な欲望の一つだが、それに「無益」という形容詞をつけているのである。たったひとつの形容詞でバシッと決めてくるのがガルシア゠マルケスの文である。

不眠症拡大になった、飴細工の描写を見てみよう。

> 大人も子供も夢中になって、不眠症で**緑色になったおいしい**雌鶏、不眠症で**薔薇色になったみごとな**魚、不眠症で**黄色になったやさしい**仔馬をしゃぶったために、町じゅうの者が起きたまま月曜日の朝を迎えることになった。

雌鶏、魚、仔馬の飴細工はそれぞれ、不眠症でカラフルになっている。緑色の雌鶏はおいしそうには思えないが、「おいしい」という形容詞で修飾されている。「薔薇色のみごとな」魚というのも、想像するだけで楽しいし、飴の仔馬に「やさしい」という形容詞を使っているのもおもしろい。

ところで、この記憶喪失のエピソードで私が強く感じるのは、「失われていく過去」「はかない現実」というモチーフである。もう二度と戻らない過去に対するある種の想いを描く小説はたくさんあるし、今、目の前にある現実のはかなさを描く小説もたくさんある。この挿話も、テーマとしてはそういうものが描かれている。修飾語に注目して見よう。

> こうして彼らは、**言葉によってつかの間つなぎとめられはしたが、書かれた文章の意味が忘れ**

られてしまえば消えうせて手のほどこしようのない、はかない現実のなかで生きつづけることになった。

「現実」を修飾している言葉は、「言葉によってつかの間つなぎとめられはしたが、書かれた文章の意味が忘れられてしまえば消えうせて手のほどこしようのない、はかない」である。言葉の消失と共に消えてしまう現実について、「はかない」というそのものずばりの形容詞を一つつけている。この一言にハッとさせられる（実はこの文章は『百年の孤独』のラストシーンを暗示してもいる）。もうひとつ見よう。

しかし、このやり方は大へんな注意力と精神力を要するので、多くの者が、**それほど実際的ではないがより力強い、自分ででっちあげた架空の**現実の誘惑に屈してしまった。これまで未来を読み取ってきたように、トランプによって過去をうらなう方法を編みだして、この**欺瞞的な**やり口をひろめることにもっとも貢献した人間がピラル・テルネラだった。そしてそれに頼ることによって、不眠症の患者たちは**トランプ占いの不確実な二者択一の上にきずかれた**世界に生きることになった。その世界では、父親は四月の初めにここを訪れた色の浅黒い男として、また、母親は左手に金の指輪をはめた小麦色の肌の女としてしか思いだされなかった。

記憶を失い始めた人々は、思い出すことを諦める。しかし、自らの過去を失うのは恐ろしいことだ。そこで、自分で架空の過去を作りだすことにしてしまう。「現実」を修飾する「でっちあげた架空の」という言葉が既におもしろいが、これがさらに「力強い」と形容されている。架空の現実のほうがより力強いというのは、現実のはかなさをズバッと表現しているが、やはり修飾語の位置にあるのがポイントだろう。述語に置いてあると、そこが焦点になってしまう。つまり、そこに光が当たりすぎてしまう。修飾語においてあるので、サラッとしており、架空の現実のほうが力強いことが、ごく当然であるかのような書き方になっている。ごく当然とされているからこそ、はかなさが逆に際立つ。

また、占い師のピラル・テルネラは未来をうらなうのではなく、過去をうらない始めるが、そのやり口を「欺瞞的な」とひと言で表現している。同じことを次のようにパラフレーズすると、効果は半減する。

　　ピラル・テルネラはトランプによって過去をうらなう方法を編みだした。それは欺瞞的なやり口ではあったが、ひろまることになった。

このようにすると、トランプ占いで過去を表すことを「欺瞞的」と断ずる判断が、主役になってしまう。もともとの修飾語の位置にあったほうが、「欺瞞的」であることがごく当然のことのように感じられる。

不眠症患者たちはピラル・テルネラの方法によって、「トランプ占いの不確実な二者択一の上にきずかれた」世界に生きることになる。現実そのものが不確実なものになってしまっているのだ。

ガルシア＝マルケスはよくフォークナーと比べられるのだが、決定的な違いは簡潔さにある。『百年の孤独』はとにかく短い文の中に膨大な物語が詰め込んであるが、フォークナーの人物はとにかく饒舌に喋りすぎる。

『百年の孤独』は、出来事の叙述が中心だが、描写は修飾語として組み込まれているとも言える。日本語の場合、特定の人物の視点に同化させて書くと、「現在性」が高まるのに対して、このように客観的な語り方を採用すると、距離が取られているように感じる。創作する際には、説明なのか、描写なのか、出来事の叙述なのかや、スピード感をどう調整するかなども考えたいところだろう。

莫言の「誤読」

理論編の最後で見たように、ジュネットなどの物語論では、読者がどう読むかについては理論化していなかった。どう読むかは、個別の読み手によって変わることも多いので、理論化は簡単ではない。

特に外国の文学を読む場合、作者と同じ文化圏に属する読み手と、読み方が異なってくることはよくあるだろう。『百年の孤独』などの南米文学は、突拍子もないエピソードが多くておもしろいのだが、南米に詳しい人は、意外にリアリズムだと言う。確かに、私も合計数ヵ月中南米に旅行したことがあるが、ガルシア＝マルケスの描く世界は、意外とこちらでは普通なのかもしれないと感じることが多々あった。

海外文学の場合、知らない世界だからこそ、目新しくておもしろいと感じられることも少なくないのである。アラブ圏で唯一ノーベル文学賞を取っているマフフーズの代表作『バイナル・カスライン』は、リアリズムの作風だが、私たちにとってなじみの薄いアラブ圏の家庭生活や思考方法を描いている。エジプトの人たちにとってはおそらく当たり前のことであっても、初めて知ることばかりなので、おもしろい。

『百年の孤独』は、同じ文化圏に属する南米でも「ホットドッグのように売れた」と言われるし、世界中でも売れている。読まれ方は違っても、「おもしろい」と思われるのは共通しているようである。

しかし国境や時代を超える際に、「誤って」受容されることも少なくない。ガルシア＝マルケスがノーベル文学賞を受賞したのは一九八二年だが、そのころ中国では、文化大革命が終わり、海外の文学を積極的に輸入している時期だった。『百年の孤独』は、大いに読まれ、模倣されることになった。

ところが中国では、ガルシア＝マルケスの代名詞「魔術的リアリズム」の定義が誤って受容された。本来の「魔術的リアリズム」とは、現代文明からするとありえないようなことを、ごく当然のこととして書くものだったが、中国では「現実を幻想に変えてなおかつその真であることを失わない」と考えられた。つまり、「現実を幻想的にする」と、まったく逆に考えられてしまったのである。

二〇一二年にノーベル文学賞を受賞した莫言の文体は、魔術的リアリズムであるとよく指摘されるが、よく読んでみると、まったく異なる。莫言の文体は、現実そのものが魔術的なのではなく、現実を魔術的に変換して描いているが、これは八〇年代のガルシア＝マルケスに関する評論上の誤読に一致している。

初期の小説『赤い高粱《コーリャン》』の文を見てみよう。『赤い高粱』の文体的特徴を端的に言うとすれば「大げさ、エロい、グロい、汚い」である。

七日後の八月十五日、中秋節のことであった。明月がゆっくりと上り、地面を覆い尽くす高粱は粛然と黙って立っていた。高粱の稲穂は月光に浸され、水銀につけたかのようにきらきらと輝いていた。私の父はくっきりとした月の光の下、今よりも何倍も強烈な生臭い空気を嗅いだ。その時、余司令は父の手を取って高粱畑を歩いていた。すると三百以上の村人たちが足を折りまげ、腕を枕にし、死体となって積み重なっていた。流れ出した鮮血が広範囲にわたって高粱畑を灌漑し、高粱の下の黒土をドロドロにしてしまっていたために、脚をとられることになった。窒息するほどの生臭さであった。人肉を食べにやってきた犬の群れが、高粱畑に座って、目をギラギラさせて父と余司令を睨んでいた。……その田野に広がった生臭いにおいは私の父の魂に浸透した。以降さらに激しく、さらに残忍になる歳月の中でも、その生臭いにおいはずっとつきまとっていた。（引用者訳）

『赤い高粱』には日本語訳（井口晃訳）があるが、ここではできるだけ原文に近いように直訳風にした。『赤い高粱』の文体における最大の特徴は誇張である。特に驚くような比喩表現を使うわけではない。一つ一つくっきりと、大げさに表現していく。中でも、色彩や臭いなど、感覚的なものが執拗に強調される。この部分では、高粱の稲穂は月の光を浴びているだけのことだが、「月光に浸され、水銀につけたかのようにきらきらと」と、光っているさまが強調される。次も「生臭い空気」を「今よりも何倍も強烈な」と強める。さらに、「流れ出した鮮血」「黒土」というように、濃厚な色づけをしていく。次に、死体の多さ、流れる血が誇張されて描かれている。「広範囲にわたって高粱畑を灌漑し」は、三百人の死体から流れ出た血の量が、畑を灌漑する水のように多い、と誇張して言っている。「人肉を食べにやってきた犬」というイメージは、おどろおどろしさ、グロテスクさを増幅させる。なお、これは日本軍は人肉で軍犬を養育し、死体のみを食べるように教育されていたという逸話が中国ではよく知られているので、そのイメージを流用したものである。

一見すると「魔術的リアリズム」のようではあるが、『百年の孤独』とはまったく逆の処理を行っていることがわかる。『百年の孤独』では、普通の価値観では常識的にはありえないことを、ごく普通のことのように抑えて描くが、『赤い高粱』では、ひとつひとつは現実に有りうることをひたすら誇張し、魔術的に仕立てていくのである。

また、『百年の孤独』は、出来事が中心に語られるのだった。この『赤い高粱』の文はどうだろうか。

一つ一つの状態の描写、色、匂い、情景といったものが誇張されて描かれる。つまり誇張されているのは描写のほうであって、出来事ではない。つまり、叙述の速度は決して速くない。莫言の文体と『百年の孤独』流の魔術的リアリズムは性質がまったく違うことがわかる。つまり、リアリズムと言うよりは印象主義的、象徴主義的である。出来事をそのまま書くのではなく、感覚を描いており、読者に特殊な世界であるとの感覚を印象づける文体になっている。

本書では詳しく書けないが、莫言はあえて換骨奪胎をしようとしたわけではなくて、『百年の孤独』を誤読した結果、新しい形を生み出すことになったらしい。そしてその誤読は、八〇年代中国に共通したものであった。読み手によって、受容の仕方は異なるとはいえ、読みの共同体が出来上がる一つの例である。

第九章　登場人物の内と外

エンターテインメント小説と視点

物語は、誰かの視点から語られることが多い。また、任意の人物の内面を描くことができることも、物語の特権である。本章では、視点の取り方、とりわけ内面の描き方を中心に実例とともに分析していく。

日本語の小説では、特定の人物の視点にオーバーラップした語り方が一般的に好まれるが、中でもエンターテインメント系の小説はこの傾向が顕著である。三人称の小説であっても、それはかわらない。

エンターテインメント系の日本の小説家で、現在高い人気を誇り多作な作家、東野圭吾の作品からみてみよう。

つい先程までぱらついていた雨はやんだようだ。今日はついている——ワゴンタイプのスクーターから降りながら、三井礼治はほんの少し儲けたような気分になっていた。雨が本降りの最中にも配達はしたが、いずれも駐車場が地下にあるマンションで、全く濡れずに部屋までピザを送り届けられたのだ。

ケースに入れているとはいえ、宅配物を、しかも食べ物を持って雨の中を行き来するのは気持ちのいいものではない。身体が濡れるのも不快だ。

スクーターに鍵をかけ、ピザを抱えて歩きだそうとした時、三井の顔の前に大きな傘がぶつかってきた。彼はあやうくピザを落とすところだった。

あっと声を出したが、傘をさした男は何もいわずに歩き去ろうとしている。濃い色のスーツを着た男だった。サラリーマンのようだ。雨がやんでいることに気づかず、傘をさしたまま歩いていたらしい。しかも、その傘のせいで前が見えなかったのだろう。

（東野圭吾『ガリレオの苦悩』）

「つい先程までぱらついていた雨はやんだようだ。今日はついている――ワゴンタイプのスクーターから降りながら、三井礼治はほんの少し儲けたような気分になっていた。」とあるように、全体に登場人物三井の意識にオーバーラップした語りになっている。このため、文末には「だろう」「ようだ」「らしい」が非常に多い。日本語に特徴的な語り方だが、登場人物の意識に重なるようにして語ることによって、その場での体験性、臨場感が生まれやすい。

視点の変更――『シュタインズ・ゲート』などの場合

同じ物語であっても、視点の取り方が変わる場合もある。最初ゲームで発売され、後にアニメ化もされた『シュタインズ・ゲート』という作品を取り上げよう。ゲームは特に主人公の体験を重視するので、主人公の推測、疑問、判断で主に語られる。また、主人公自身は画面上にはほとんど出てこない。主人公の目線に自分は映らないからである。

しかし、同じ物語がアニメ化されるとそうはならない。主人公自身も画面の中におかれ、客観的にとらえられてしまう。また、直接話法で語られるのが通常であるため、主人公の内的な推測、疑問、判断は減り、画面上での動きとして表現されることになる。

形式上は、元のゲームよりもアニメ版のほうが客観的な撮り方になっているものの、依然として男性主人公に視点はある。数多く登場する女性側の思考や感情は、徐々にしか明らかにされない。あくまでも男性目線の物語である。

男性目線の恋愛物では、女性は外側から観察される対象になるのが基本で、女性目線の物語の場合には逆になるのが通常である。また、「男性作者—男性読者」の場合には、男が理想とする女性の描き方になる。『シュタインズ・ゲート』では、男性主人公ひとりに対して、複数の異なるタイプの女性が出てくるが、なぜかどの女性も男性主人公に思いを寄せる。これは「男性作者—男性読者」での、欲望の反映である。物語内部の視点の取り方というより、物語の作り手、受け手の視点の取り方の問題なので、ここではメタ視点と呼ぼう。

二〇一六年後半に話題になったテレビドラマ『逃げるは恥だが役に立つ』は、少女漫画を原作としている。原作を見ると、女性主人公・みくりだけでなく、男性側の津崎平匡の思考も表出されているため、一見すると比較的客観的な視点になっているが、やはり基本は女性視点物語である。というのも、前半では平匡の内面はほとんど明かされず、攻略の対象として設定されているのが明らかだからである。途中から平匡側の気持ちも明らかにされてはいくが、積極的に動き、平匡を攻略しようとするのはみくりの側である。

テレビドラマ版も、物語展開はほぼ同じだが、原作よりもやや中立的な視点に立っている。主に女性をターゲットとした原作よりも、広い視聴者層を想定しているのだろう。

とはいえメタレベルでは、テレビドラマ版も、男性主人公は「こうあってほしい男性」になっているし、女性側の「男性にこういうことをしてほしい」という願望が表現されている。みくりは、平匡からのアプローチを待っているが、アプローチされるはずのシチュエーションになってもされない。フラストレーションがたまったところで突然のキスが来る。恋愛未経験の男がこの行動を取ることはできそうもないし、高収入で清潔感があり、なおかつコミュニケーション能力のある男が未経験なわけもない。あくまで「理想」の設定だ。

メタレベルでさらに言えば、女性作者の書く「女性のかわいさ」と男性作者の書く「女性のかわいさ」にはずれがあるし、男性作者の書く「男性のかっこよさ（もしくはやさしさ）」と女性作者の書く「男性のかっこよさ（もしくはやさしさ）」にもずれがある。女性作者―女性読者の物語をメタレベルで読むと、「女性はこういうのをかわいいと思っているのか」というのが多少わかってきたというのが男性である私の感想である（もっとはやく気づけばうまくやれた気もする）。後にもう少し詳しく見る『この世界の片隅に』も、視点から見ると女性物語で、男性の描写は外側からの視点であり、必ずしもリアルではない。女性側からすれば、男性漫画に出てくるヒロインを「こんな女はいない」と思う場合も多いだろう。

一般的には、男性作者が男性視点の物語、女性作者が女性視点の物語を書くことが多いが、中にはねじれがある場合もある。『めぞん一刻』『うる星やつら』などで知られる高橋留美子は、女性作者だが、『めぞん一刻』は男性視点の恋愛物語だ。

『めぞん一刻』は、一刻館という古いアパートにやってきた青年、五代が、管理人の音無響子に恋する話である。響子は未亡人で、夫のことが忘れられないでいる。平凡な男が、素敵な女性との恋を成就させようとする構成なので、典型的な男性視点である。しかし、原作漫画は、ときどき響子の内面が描かれる他、したたかな一面が語られる。一方、アニメでは、響子の内面は原作よりも描かれることが少ない。より男性視点の物語になっているように思われる。

『うる星やつら』は、発表媒体が『少年サンデー』という少年誌であるが、男性向け漫画としては非典型的である。主人公は男の諸星あたると鬼族の女・ラムだが、あたるがラムを追いかけるのではなく、ラムがあたるを追いかける形になっている。ラムはヒロインとしては理想的な女ではない。また、あたるが追いかけている少女、しのぶのキャラクター設定にも特徴がある。通常の男性的なラブストーリーで主人公が追いかける女の子は、かわいさが強調されるが、しのぶはというと、見た目はかわいいものの、凶暴な側面や、頭の悪さが描かれる。このあたりは、（メタレベルの）女性視点で描く女性という感じがする。

『悪童日記』の客観的な残酷

アゴタ・クリストフの『悪童日記』は、「ぼくら」という一人称複数の語りを採用しているが、一貫して内面を描かないようにしている。このため、主人公の少年二人が何を考えているかは、厳密にはわからないし、それは他の登場人物も同様である。内面を描かないために、かえって読者に推測を迫る形にしているのである。

『悪童日記』の舞台は戦争中のため、残酷なシーンも多い。しかし、感情を描かず、客観的に書かれる。それがかえって残虐さを際立たせる効果を出している。

将校はジープに乗り込んで席に着き、エンジンをかける。ちょうどこの瞬間、庭で爆発が起こった。その直後、おかあさんの地面に倒れている姿が、ぼくらの目に入った。将校が、彼女のほうに走り寄る。おばあちゃんは、ぼくらを遠ざけようとして、怒鳴る。

「見ちゃならん！　家の中にお入り！」

将校が罵声を発し、ジープに駈け込み、凄まじい勢いで発進する。

ぼくらは、おかあさんをまじまじと見る。腸が、おなかから飛び出している。体じゅう、真っ赤だ。赤ん坊も同じだ。おかあさんの頭が、砲弾の空けた穴の中に垂れ下がっている。彼女の両眼は開いたままで、まだ涙に潤んでいる。

おばあちゃんが言う。

「鋤を取っておいで！」

ぼくらは、穴の奥に毛布を敷く。その上におかあさんを寝かせる。赤ん坊は、彼女の胸にくっついたままだ。もう一枚の毛布で、彼女たちをすっかり覆う。それから、穴を埋める。

従姉が町から帰ってきて、訊ねる。
「何かあったの？」
ぼくらは言う。
「うん、砲弾が落ちてね、庭に穴が空いたんだ」

引用したのは、おばあさんの元へ預けていた少年たちを、母親が連れ戻しに来た場面だが、ここで母は爆死してしまう。ところが、「ぼくらは、おかあさんをまじまじと見る。腸が、おなかから飛び出している。体じゅう、真っ赤だ。赤ん坊も同じだ。おかあさんの頭が、砲弾の空けた穴の中に垂れ下がっている。彼女の両眼は開いたままで、まだ涙に潤んでいる。」と、冷静な観察が報告され、その内面は語られないばかりか、鋤であっさり片付けられてしまう。

おばあさんは、「見ちゃならん！　家の中にお入り！」と怒鳴っており、残酷なシーンであることも十分に織り込まれており、このような語り方をすることで残酷さが逆に引き立てられているのである。

マンスフィールドの間接的な感情表現

『悪童日記』は客観的な語り方だったが、登場人物の内面を表出することも多い。エンターテインメント系では、直接表出することが多く、人物が泣いたり叫んだりする。

しかし、感情表現は実は、間接的に表現したほうが、余韻が出て、繊細になることも多い。それがうまいのが、イギリスの作家ヴァージニア・ウルフや、キャサリン・マンスフィールドである。ウルフやマンスフィールドに近い感情表現は、その後は世界中で見られるようになっている。ここでは、マンスフィールドの短編小説「園遊会」の例を見てみよう。

ウルフやマンスフィールドは、理論編で紹介した自由間接話法と呼ばれる話法を使用し、内面を表出する。一口に自由間接話法といっても、①作中人物の視点を表す場合、②作中人物の内的感情を弱く表す場合、③作中人物の内的感情を強く表す場合、があり、間接度はそれぞれ異なる。マンスフィールドは①や②の自由間接話法の使用がほとんどで、間接度が非常に高い。間接度が高いと、内的感情が弱く表出される。弱く表出されると、感情が抑えられて伝えられる。代表作「園遊会」から、原文と安藤一郎による日本語訳を見る。

'Have one each, my dears,' said cook in her comfortable voice. 'Yer ma won't know.'

Oh, impossible. Fancy cream puffs so soon after breakfast. The very idea made one shudder. All the same, two minutes later Jose and Laura were licking their fingers with that absorbed inward look that only comes from whipped cream.

「お嬢さま、一つずつ召しあがれ」と料理番はきげんよく言って、「お母さまにはわかりませんよ」

まあ、そんなことできやしない。朝ご飯のすぐあとにクリームパフを食べるなんて。そう考えただけでもこわくて身ぶるいがするくらい。それでも、二分後にはジョーズとローラは指をなめていた、泡だたせたクリームを食べるときにだけする、あのうっとりと心をうばわれている表情で。

They were like trees you imagined growing on a desert island, proud, solitary, lifting their leaves and fruits to the sun in a kind of silent splendour. Must they be hidden by a marquee? They must. Already the men had shouldered their staves and were making for the place.

ちょうど、無人島に生えているとも想像されるような木で、毅然として、それで寂しそうに、葉と実を、何かひっそりした壮麗さで、太陽へむかってさし出していた。あの木を、天幕で隠さなければならないのかしら？

隠さなければならない。職人たちは、もう棒杭をかついでその場所のほうへむかっていた。

ここで用いられている自由間接話法では、作中人物の内的感情が表されているものの、間接度が非常に高く、地の文に近い。言うなれば、地の文の叙述の中に微妙に人物の感情が織り込まれる繊細な文体である。

最初の引用例では、料理番にクリームパフを召し上がれと言われた少女ローラが、Oh, impossible. と反応する。Oh という口語的語彙が出てきており、ここにはローラの感情が表されている。続く Fancy cream puffs so soon after breakfast. The very idea made one shudder. の部分も、ローラの思考の続きではあるが、形式は地の文であり、間接度が高い。

また、この例では改行して最初の部分に人物の感情を弱く表出する形を持ってきて、より間接度の高い地の文に合流させているが、マンスフィールドはこの形を好む。二つ目の引用例も改行をうまく使うことによって微妙に感情を描き出し、余韻を醸し出している。

下線部 Must they be hidden by a marquee? は疑問文および法助動詞 must を使用した自由間接話法で、人物の思考が表されているが、やはり間接度が高い。内的感情を強く表すタイプの自由間接話法では、自問自答式の疑問文や感嘆文、口語的表現が連続で使われるが、マンスフィールドの場合、連続で出てくることは少なく、比較的客観的な地の文に少数の自由間接話法を埋め込む。

さらに、ここで改行されて、they must と続いている。これは意味上から言えば地の文に戻っているとは言えるが、その前の疑問形式 Must they be hidden by a marquee? に短く答える形式になっている。同じ形式が繰り返されることによって木を隠さなければならないのが残念だという感情が余韻をもって伝えられる。間接度の高い自由間接話法を駆使した細やかな感情表現である。なお、日本語訳は「あの木を、天幕で隠さなければならないのかしら?」と人物の内的言語に変換し、次の行の「隠さなければならない」と地の文にすることによって、語りの審級を明確に分けてしまっている。日本語訳では語りの審級を訳しわけるのが習慣であるが、原文は同じ形式を繰り返し、審級を曖昧にすることによって、微妙な感情を表現しているのである。

次に、イスラエルの作家、イェホシュアの『エルサレムの秋』の日本語訳から例を見てみよう。

いま望むのはひとりになることだけ。ツヴィは黙っている。出ていくべきだとわかっている。

でも出ていきたくない。
（アブラハム・イェホシュア『エルサレムの秋』）

この文を、次のようにパラフレーズしたらどうなるだろうか。

（a）いま望むのはひとりになることだけである。ツヴィは黙っていた。出ていくべきだとわかっていたが、出ていきたくはなかった。

（b）俺が望んでいるのはひとりになることだけだ。出ていくべきだとはわかっているけど、でも出ていきたくなんかないんだ。

（a）では、通常の地の文にし、（b）では人物の感情を比較的強く表出する形にしてみた。元の文はこの二つの中間に属している。完全に客観的に書いているわけでも、内的感情をそのまま表しているわけでもなくて、それを微妙に表現しているのである。感情は抑えられているが、逆に余韻が出る。

思うに、人物の感情が直接書かれると、読み手としては一歩引いてその人物を見てしまう。言ってみれば、作中の人物は人物、読み手の私は私で、別の人間、という感じになりやすいのに対して、間接的に伝えられると、より共感しやすいというか、人物の感情に同化しやすいのではないか。

なお、イスラエルはよく知られている通り、長年、パレスチナ問題を抱えている。そこに暮らしている人々の感情を、イェホシュアは抑えのきいた繊細な文体で表現している。日本語訳はこれしかないが、多くの作品が英語訳されているので、英語で読めるならば、他の作品もお勧めしたい。

メタ視点的に考えると、こちらがイスラエル側の作家なのに対して、パレスチナ側から書いた優れた作家にカナファーニーがいる。短編集『ハイファに戻って　太陽の男たち』は秀作ぞろいである。併せて読むと、さらにおもしろいだろう。

『この世界の片隅に』と間接的感情表現

映画や漫画でも、間接的な感情表現は可能である。

アニメ映画『この世界の片隅に』は、おそらくさまざまに読み解ける傑作であるが、本書では感情表現の仕方を特に考えてみたい。本作は漫画を原作としているが、原作も映画も、感情を直接は描かない。間接的に描かれることによって、逆に情感があふれる作品になっている。この作品が感動を呼ぶのは、一つにはその描き方の妙にある。

物語は、昭和九年から始まっているが、ここから昭和十八年までは、本編の前史的なストーリーで、ごくわずかなエピソードが語られているだけである。メインストーリーでは、主人公のすずが、戦時下の昭和十九年に呉の家へ嫁いでから終戦後ほどなくまでが描かれる。

視点は一貫して女性主人公すずにあるため、戦争は直接的には描かれない。前半は主に、戦時下での日常生活が中心に語られる。後半になると、空襲が強まるほか、原爆投下の日を迎えることになるため、戦争も語られることになるが、それでも中心はすずたちの日々の生活である。その中に、かつて思いを寄せた同級生の水原哲への恋、夫・周作への愛情、さらには遊女・白木リンを交えた感情などが描かれる（リンのエピソードは映画版では原作に比べて薄い）。

恋や愛情、嫉妬といった男女間の感情のほか、戦時中なので、悲劇も多く描かれる。しかし、泣いたり叫んだりといった直接的な吐露はあまり多くない。原爆の悲劇も、山を隔てた呉の町の視点から描くことによって、「近くではあるが直接経験ではない」という立ち位置になっているため、間接的な表現となっている。

小学生時代のすずと、水原哲のエピソードを見てみよう。すずは、腕白な少年、哲に一本しかない短い鉛筆を午前中に捨てられてしまっている。午後は写生の時間で、描けた者から帰っていいことになる。絵が得意なすずは、すぐに終わらせて帰り、家の仕事をしているうちに、絵を描かず、海を眺めている哲に出会う。以下、原作漫画からセリフを抜粋する。


「あのー、水原さん、帰れんよ？　描かんのん？」

「帰らん。お父とお母がのりも摘まずに飲んだくれとるし　描かん　海　きらいじゃし
浦野　手え出せや」

「は？」

（鉛筆を渡す）

「えっ　ほいでも」

「兄ちゃんのじゃ　ようけあるけえ　うさぎが跳ねよる　正月の転覆事故の日も　こんな海じゃったわ　描きたきゃ　お前が　代わりに描けや　このつまらん海でも」

こうの史代『この世界の片隅に』（双葉社、2008年）

男が悪さをして、一度評価を落としておいて、それを回復するシークエンスは、女性視点の恋愛物語によくあるパターンだ。ここではそこに追加して、「兄の鉛筆」であることが織り込まれている。哲の兄は、転覆事故で死んでいるらしいこと、その兄を殺した海を憎んでいることがセリフからわかるが、それほど直接的な表現ではない。

すずは、波を白いウサギに見立てて写生するが、その間に哲はすずの仕事を済ませてくれている。そして、このエピソードの最後のコマは、図のとおりである。

哲は「出来てしもうたら帰らにゃいけんじゃろうが　こんな絵じゃ海を嫌いになれんじゃろうが」と言う。画面は二人を含めた実際の風景に、すずの描いた絵が重ねられる形で表現されている。すずの気持ちは直接的には言語化されていないが、恋心を描く少女の心象風景が絵として描かれているのである。直接的に感情を書いていないが、間接的である分、情感が出る。

さらに、漫画版では次の話にあたるところで、周作がすずの実家に求婚に来る。外で働いていたすずは呼び戻されるが、家の中に来ている求婚者（周作）の姿を、家の外から眺めるだけである。この直前に、すずは久しぶりに哲とすれ違っている。周作に会わずに山に入ったすずは、きれいな着物を着て「いやかどうかもわからん人じゃったね……」と独白する。

一見すると、求婚に来た見知らぬ青年に戸惑っているだけのシーンであるが、この場所はその前の話で哲に絵を描いてあげている場所である。また前話で「こんな絵じゃ海を嫌いになれんじゃろうが」と哲が言ったコマでは、手前に椿の花が咲いている。この話では椿の花は咲いていないが、すずが羽織った服にそれが描かれている。つまり、直接的には表されていないものの、求婚された逡巡と初恋の男・哲への思いが同時に表現されているのである。

このように、『この世界の片隅に』では、すずの内面は直接言語化されるよりも、間接的表現が好んで用いられる。結婚したすずの元を哲が訪れ、一晩過ごした後別れる場面、リンと夫・周作の関係に気づく場面なども同様で、直接そのままの感情は描かれない。

死に関しても同様で、哲の死は後に、サギをおいかけるシーン、それにつづく哲にもらった羽が爆撃されるシーンとして表されている（心象風景としてもう一度描かれる）。このシーンではリンにもらった口紅も撃ち抜かれているので、哲とリンの消失と、夫・周作の選択が象徴されていると考えられるが、間接的な表現であって、直接的な説明や感情の発露ではない。

映画にはないリンの死は、焼け跡での心象風景として表現される。これらのシーンにはすずの心の中のセリフが付されているが、小説の自由間接話法と同様、感情が表されているのに表されすぎていない。絶妙のところで止まっている。この演出が胸にぐさぐさ刺さる。

なお、戦争がモチーフではあるが、コミカルなシーンも多い。戦争中でも日常的な生活があったことの表現であり、こうした側面が大きく出ている物語は多くない。

メタ視点で見ると、やはり女性物語なので、男性登場人物は外側からの視点に感じる。哲や周作らは、「こうあってほしい男性像」として表象されている。間接的表現が可能になるのは、ひょっとすると原作者もアニメ制作者も、直接的には戦争を経験していないこともあるかもしれない。同じ広島を描いた漫画でも『はだしのゲン』はもっと直接的な表現だし、メッセージ性も明確で強い。もちろん、作者個人の性格の問題もあるが、直接経験しているものにとっては、間接的な表現は取りにくく、より強い感情表現にならざるを得ないというのもあるだろう。同じく個人の直接的体験をもとにしている『火垂るの墓』も、表現はもっと直接的である。

『蒲団』の内面描写

明治以前の日本の小説では、一般に視点を特定の人物に制限する語り方はあまり見られなかった。森鷗外のデビュー作である『舞姫』はその点、一人称の語り手に視点が制限されており、近代小説の形をしている。また、西洋の小説は、語り手がいないかのように客観的に語られることが多かった。明治二十年代、文末に「た」を基調とする形ができ、日本語小説でもできるだけ客観的に語るという形ができた。

一方、日本の近代文学ではいわゆる「私小説」と呼ばれるジャンルがある。「私小説」では一般に作家の内面がありのままに報告されていると言われる。その始まりは通常、田山花袋の『蒲団』であるとされている。内面を語るのであるから、主観的な語りになりそうだ。

『蒲団』は主人公の竹中時雄の内面が描かれているために、時雄のモノローグそのもののように考えられていることが多い。しかし、きちんとテクストを読んでみると、実際には三人称小説であり、主人公の時雄を客観的に描いている部分のほうが多い。

理論編で述べた通り、日本語の語り方に特徴的なのは内面にオーバーラップした語り方であるが、この小説はイメージと異なり、それほどオーバーラップしないのである。「主人公＝語り手」の形をとっていないため、人物の情けない姿がアイロニーをもって伝えられている。

オーバーラップが集中的に見られるのは、冒頭部分と結末部分くらいのものである。冒頭を見てみよう。


けれど文学者だけに、此の男は自から自分の心理を客観するだけの余裕を持って居た。年若い女の心理は容易に判断し得られるものではない、かの温い嬉しい愛情は、単に女性特有の自然の発展で、美しく見えた眼の表情も、やさしく感じられた態度もすべて無意識で、無意味で、自然の花が見る人に一種の慰藉を与えたようなものかも知れない。一歩を譲って女は自分を愛して恋して居たとしても、自分は師、かの女は門弟、自分は妻あり子ある身、かの女は妙齢の美しい花、そこに互に意識の加わるのを如何ともすることは出来まい。いや、更に一歩を進めて、あの熱烈なる一封の手簡、陰に陽にその胸の悶を訴えて、丁度自然の力が此の身を圧迫するかのように、最後の情を伝えて来た時、其の謎を此の身が解いて遣らなかった。女性のつつましやかな性として、其の上に猶露わに迫って来ることが何うして出来よう。そういう心理からかの女は失望して、今回のような事を起したのかも知れぬ。

ここでは、「かも知れない（ぬ）」「出来まい」「よう」などが登場しており、時雄の内面にオーバーラップした語りになっている。しかし、全体をみまわしても、「知れない（ぬ）」が文末に出てくるのはここを除くと六例で、うち四例は結末に差し掛かった部分の自問自答に連続で登場する。「まい」は他に全部で十九例見られるが、すべて会話文か、地の文に出てくるものは埋め込み文（「――まいと思った」）のようになっている。「だろう」も、ル形で述語になるものは他に三例で、すべて結末部分の自問自答文である。やはりイメージとは異なり、時雄の内面は客観的に語られているといっていい。『蒲団』発表の明治四十年ころは、現在の小説につながる小説文体ができあがったころで、現代の読者が読んでもそれほど違和感がないが、まだ客観的に語ることが意識されていたのだろう。

以上、本章では視点の問題、および内面を書くか、それとも外側から客観的に書くかについて論じてきた。登場人物にオーバーラップし、物語世界の内部に入り込んだような語り方にすれば、臨場感が出る。体験性を重視する最近のエンターテインメント小説を中心にほぼ主人公にオーバーラップした語りで語られるものが増えている。人物の感情を描くにも、直接的に表現する方法と、間接的に表現する方法がある。内面を描けるのが物語の特徴なので、視点をどうとるか、内面をどう描くかは、読むうえでも創作する上でも非常に重要なのである。

第十章　さまざまな語りの構造

本章では、さまざまな語りの構造について、実例を見て考えていくことにしよう。

一人称の語り手の個性

一人称小説で語り手が物語世界内に登場する場合には、視点もその語り手に制限されることになるし、その個性も出てくる。また、語り手がジェンダーを持つ。一例として太宰治の『ヴィヨンの妻』冒頭を見てみよう。

あわただしく、玄関をあける音が聞えて、私はその音で、眼をさましましたが、それは泥酔の夫の、深夜の帰宅にきまっているのでございますから、そのまま黙って寝ていました。

夫は、隣の部屋に電気をつけ、はあっはあっ、とすさまじく荒い呼吸をしながら、机の引出しや本箱の引出しをあけて掻きまわし、何やら捜している様子でしたが、やがて、どたりと畳に腰をおろして坐ったような物音が聞えまして、あとはただ、はあっはあっという荒い呼吸ばかりで、何をしていることやら、私が寝たまま、

「おかえりなさいまし。ごはんは、おすみですか？　お戸棚に、おむすびがございますけど。」

と申しますと、

「や、ありがとう。」といつになく優しい返事をいたしまして、「坊やはどうです。熱は、まだありますか?」とたずねます。

以上に見られるように、『ヴィヨンの妻』は女性を語り手=視点人物に採用している。語り手には小さな子供がいるが、夫はほとんど家に帰らない有様で、医者に連れていく金もない。この日泥酔して帰ってくる夫は、行きつけの飲み屋でずっと代金を払っていないばかりか、五千円を盗んできている。

これも珍らしいことでございました。坊やは、来年は四つになるのですが、栄養不足のせいか、または夫の酒毒のせいか、病毒のせいか、よその二つの子供よりも小さいくらいで、歩く足許さえおぼつかなく、言葉もウマウマとか、イヤイヤとかを言えるくらいが関の山で、脳が悪いのではないかとも思われ、私はこの子を銭湯に連れて行きはだかにして抱き上げて、あんまり小さく醜く痩せているので、凄《さび》しくなって、おおぜいの人の前で泣いてしまったことさえございました。そうしてこの子は、しょっちゅう、おなかをこわしたり、熱を出したり、夫はほとんど家に落ちついていることはなく、子供のことなど何と思っているのやら、坊やが熱を出しまして、と私が言っても、あ、そう、お医者に連れて行ったらいいでしょう、と言って、いそがしげに二重廻しを羽織ってどこかへ出掛けてしまいます。お医者に連れて行きたくっても、お金が何もないのですから、私は坊やに添寝して、坊やの頭を黙って撫でてやっているより他はないのでございます。

けれどもその夜はどういうわけか、いやに優しく、坊やの熱はどうだ、など珍らしくたずねて下さって、私はうれしいよりも、何だかおそろしい予感で、背筋が寒くなりました。何とも返辞のしようがなく黙っていますと、それから、しばらくは、ただ、夫の烈《はげ》しい呼吸ばかり聞えていましたが、

「ごめん下さい。」

と、女のほそい声が玄関で致します。私は、総身に冷水を浴びせられたように、ぞっとしました。


語り手はこの後、その飲み屋で働くことになる。ダメ夫に苦しめられる女性の語りのはずだが、語り口は妙に明るい。また、このダメ夫は明らかに作者の太宰治本人を思わせる。読者からすれば、作者自身のダメぶりを客観的視点で眺めることになる。ダメな自分を書くものは日本文学に少なくないが、それをあえて自分の視点ではなく、妻側の視点から書くという逆転の構図を作っているのである。こういう小説を書けてしまう太宰はずるい作家だと思う。

作者を持ち出してくるのは、物語論では常道ではなく、それ以前の作家論と思われるかもしれない。しかし、必ずしもそうではない。読者は男性作家太宰の作品として読む。さらには太宰は放蕩で愛人を作り、最終的に自殺するその実人生を知って読むし、ダメ人間が描かれる他の作品との関係を考慮に入れながら読む。ただし、その作家・太宰は実在する太宰ではない。もとより太宰本人に会っ

た人は少ないし、研究者のように詳しく調べているわけでもないが、イメージとしては持っている。『ヴィヨンの妻』はそうした作家のイメージが重ねられるし、太宰本人も計算していたのではないだろうか。こうした作家のイメージもテクストの内部に含むことが可能である。

視点・語り手が作者と逆転していることから、語り手が作者を客観的に見ているだけでなく、太宰が妻をどのように語っているのかという読み方もできてしまう。妻の視点・語りでありながら、夫側の語りでもあるという特殊な設計がなされているのである。

フォークナー『響きと怒り』にみる語り手の個性

二十世紀アメリカ文学の巨匠、ウィリアム・フォークナーの『響きと怒り』は四部からなり、それぞれ語り手を変える構成を取っているが、その冒頭を見てみよう。

くるくる巻いた花たちのすきまから、柵のむこうでその人たちが打っているのをボクは見ることができた。その人たちは旗があるところへやってきていて、ボクは柵にそって歩いた。ラスターが花の木のそばで草むらの中を探していた。その人たちは旗を抜いて、打っていた。それから旗を戻し、テーブルに行って、一人が打ち、もう一人が打った。それから歩いていき、ボクは柵にそって歩いた。

これはゴルフをしている人の描写であるが、奇妙である。というのも、この語り手の「ボク」は知的障害を持つベンジー（三三歳）だからである。知的障害者の目線でゴルフというゲームを捉えている設定になっている（もちろん、知的障害者の認知の仕方や思考方法と一致しているかどうかの問題はあるが）。同様に、知恵遅れの少年を語り手とする短編小説にはファン・ルルフォの「マカリオ」（『燃える平原』所収）がある。

『響きと怒り』もそうだが、語り手を途中で変更することも可能だし、その個性を生かした語り方にすることもまた可能なのである。どのような語り手、語り口を選ぶのかも、作品の構成を決める重要な要素である。

『オレンジだけが果物じゃない』――価値観の混在

一人称の語りが採用される場合、過去が後の語り手の立場から眺められることがある。しかし、森鷗外の『舞姫』で見たように、回想構造が取られるものであっても、物語現在が現在になりやすい。一人称の語りの場合、両者がどちらも現れる。

次に紹介するのは、イギリスの女性作家、ジャネット・ウィンターソンのデビュー作で、自伝的な色合いを持つ作品『オレンジだけが果物じゃない』である。語り手＝主人公は、子供のころに養父母に引き取られるが、この養母がカルト的なキリスト教にのめり込んでいる。その母のもとで育てられた語り手は、その価値観のもとで育つ。しかし学校に通いだすと、周りに受け入れられないし、やがて同性愛に目覚めてしまう。成長するにつれて、徐々に狂信的な母ならびにその宗教がもつ価値観から離れていく。

その子供時代は、大人になった立場からの編集と、狂信的な母と価値観を共にしていたころの目線が両方現れる。一部、引用してみよう。

母とわたしが家に帰ると、父がテレビを観ていた。〝クラッシャー・ウィリアムズ〟対〝片目のジョニー・スタット〟。母は怒り狂った。日曜日はテレビに覆いをかぶせておく決まりになっていたのだ。覆いは〈旧約聖書名シーン集〉のテーブルクロスで、家具の下取り業をしている人からもらったものだった。母はその畏れおおいテーブルクロスを、家に一つきりのティファニー・グラスと、レバノンの羊皮紙の切れ端だけを入れてある、特別の引き出しにしまっていた。どうしてその羊皮紙を後生大事に取っていたのかはわからない。旧約聖書の切れ端だという触れ込みだったが、けっきょく羊飼いの借地の証文だったとわかったのだ。テーブルクロスはろくすっぽ畳みもせずに、垂直同調のツマミの下あたりにくしゃっと丸めてあり、「十戒を授かるモーゼ」がこちらを向いていた。(これはひと波乱ありそうだ) わたしはそう判断して、救世軍にタンバリンの練習をしに行ってくる、と言って家から避難した。

かわいそうな父さん。どんなに頑張っても、まだ足りないのだ。

「どうしてその羊皮紙を後生大事に取っていたのかはわからない。」「けっきょく羊飼いの借地の証文だったとわかったのだ。」などは、大人になった語り手からの見方だが、全体としてはこの当時の語り手の見方が反映されている。訳文ではわかりにくいが、本書の文体は単純な構文が多く、子供の認識を反映させていると考えられる。また、大人になった語り手は狂信的な母とは心理的距離があるが、この時点での語り手はそうではない。全面的に大人になった時点での価値観では語っておらず、その当時の見方が反映されているのである。「〈旧約聖書名シーン集〉」のような語彙の選択は、特にそのような感じがする。

その夜、教会にゲスト説教師がやって来た。ストックポートのフィンチ牧師だ。フィンチ牧師は悪魔の専門家で、人がいかにたやすく悪魔に取り憑かれてしまうかについて、世にも恐ろしい説教をした。話が終わったあと、わたしたちはみんなひどく不安な気持ちになった。ホワイトさんは、うちのお隣は悪魔に取り憑かれているような気がする、黴が何もかもぴったり当てはまる、と言った。フィンチ牧師によると、悪魔に取り憑かれた人間は、我を忘れるほどの怒りにとらわれたり、とつぜん馬鹿笑いをしたりするうえに、常に、常に、おそろしく狡猾なのだそうだ。覚えておくがよい――とフィンチ牧師は言った――サタンは時として、光の天使の顔をして近づいてくることもあるのです。

やがて礼拝が終わり、夕食会が始まった。母はトライフルを二十人分と、いつものようにチーズとタマネギのサンドイッチをどっさり作ってもって来ていた。

「良い婦人はサンドイッチでわかると言いますからな」フィンチ牧師が言った。

母はぽっと頬を赤らめた。

それから牧師はわたしのほうを向いて、「幼な子よ、年はいくつかな?」と訊ねた。

「七つです」わたしは答えた。

「ふむ、七つか」牧師は言った。「それはじつに縁起がいい。天地創造の七日間、七枝の燭台、七つの封印《セブン・シールズ》」

（〝七匹のアザラシ《セブン・シールズ》〟？――わたしはまだ聖書の勉強会でヨハネの黙示録まで習っていなかったので、もしかしたら旧約聖書にそういう生き物が出てきたのを見落としたのかもしれないと思った。これがクイズに出ては大変と、それから何週間も聖書をあちこちめくってみたが、とうとう見つからなかった。）

狂信的な人物を描く小説は他にもあるが、たいていは外からみた見方になる。本書は、それが当たり前で育った子供が語り手である点が特徴的である。エキセントリックな母親の行動と、語り手のメルヘンチックな言葉の使い方が効果的に働いており、おもしろい。

ウィンターソンは感情の描き方も非常にうまく、『灯台守の話』などは、ウルフやマンスフィールドら、イギリス文学の伝統も受け継いでいるように思われる。

V・S・ナイポール『ミゲル・ストリート』

もうひとつ、自伝的なスタイルを持つ作品を紹介しよう。一九三二年生まれのナイポールはカリブ海に浮かぶ島、イギリスの植民地だったトリニダードトバゴ出身の作家だが、一九五〇年からイギリスに留学し、そのままイギリスに留まって、作家となった。二〇〇一年にノーベル文学賞を受賞している。

その若いころの作品『ミゲル・ストリート』は、自らの出自であるトリニダードトバゴの下町を舞台としている。十七の章から成り立っているが、それぞれ独立しており、連作短編小説といってもいい。一貫した時間軸に沿って語られるのではなく、子供の「僕」目線からミゲル・ストリートの大人たちが一人ずつ描かれていく。

下町と言えば「人情」だろう。現代の都会が失ってしまった濃密な人間関係がそこにはあると、日本ではよく表象される。映画『ＡＬＷＡＹＳ三丁目の夕日』に代表されるように、下町は失われた何かであって、憧憬の対象である。しかし、この小説が面白いのは、「古き良きあのころを懐かし」んでいることではない。「古き悪しきあのころを懐かし」んでいるのだ。暴力、賭け事、詐欺、ほら話、その他もろもろの犯罪は日常茶飯事で、日本のマスコミなら「治安の悪いスラム街」として表象するような場所である。そしてその「ダメな人たち」がおもしろい。

この物語も、大人になった「僕」が少年時代を振り返る形で書かれてはいるのだが、実際のところ「大人の僕」の存在は希薄である。回顧的叙述ではない。それが、単に過去を理想化する物語とは異なっていて、おもしろい。

ちなみに、訳者の一人は後に芥川賞を受賞する小野正嗣である。

ボルヘス『八岐の園』

さて、ここからはやや特殊な語りの構造を持つ小説を取り上げよう。小説は虚構なので、現実には不可能な世界を作ることも可能だが、その工夫の仕方を考えてみよう。

アルゼンチンの作家、ボルヘスはガルシア＝マルケスと並ぶ南米文学の巨匠だが、ガルシア＝マルケスとは作風が全く異なる。作品は基本的に短編小説であり、哲学的なものが多く、語りの構造についても特殊なものが多い。ボルヘス以降、特殊な語りの構造を持つ南米文学が多数出ることになる。一例として短編小説『八岐《やまた》の園』を紹介しよう。まず、冒頭部分を見よう。

リデル・ハートの『ヨーロッパ大戦史』の二十二ページに書かれているところでは、セール＝モントーバン戦線にたいする英軍十三個師団の（千四百門の砲に援護された）攻撃は、一九一六年七月二十四日に予定されていたが、二十九日の早朝まで延期しなければならなかった。豪雨――とリデル・ハート大尉は注記している――がこの（大して意味のなさそうな）延期の原因だった。青島《チンタオ》の大学の元英語教師である兪存博士が口述し、読み返し、署名した以下の陳述は、事件に思いもよらぬ光を投げかけた。冒頭の二ページは欠けている。

この段落を見ると、リデル・ハートの『ヨーロッパ大戦史』が引用されて、そこに「セール＝モントーバン戦線にたいする英軍十三個師団の（千四百門の砲に援護された）攻撃」に関する記述があると始まっている。そして、この攻撃について、兪存博士の口述が事件に思いもよらぬ光を投げかけたと語られている。

この冒頭部分が枠組みとなって、次の段落からはその兪存博士の口述が始まっている。このように最初に枠組みを示してから、中心となる物語言説に移行することは珍しくない。

さて、第二段落である。

……そして、わたしは受話器を置いた。その直後に、わたしはドイツ語で答えた声の主を思いだした。それはリチャード・マッデン大尉だった。ヴィクトール・ルーネベルクのアパートへのマッデンの出現は、われわれの苦労の終わりを意味し——しかしこの点は、わたしはほんとに二義的なことだと思った。つまり思わねばならなかった——、われわれの生の終わりをも意味した。ルーネベルクが逮捕もしくは殺害されたことを、それは意味していたのだ。（……）十分後には、わたしの計画はでき上がっていた。電話帳が、報告を伝えられたそうな、ただ一人の男の名前を教えてくれた。彼は、汽車で三十分たらずのところにある、フェントンの郊外に住んでいる。

兪存博士はここで、何らかの理由でリチャード・マッデン大尉に追われており、そのまま待っていれば殺されると思っている。そこで兪存博士は逃亡を決意する。そしてその計画は十分後にはでき上がっている。ところがその計画は奇妙で、なぜか主人公は電話帳を見てその行動を決めているらしい。

電話帳を見て行動していることからもわかる通り、兪存博士は知り合いでもないスティーヴン・アルバート博士の元を訪れる。ところがアルバート博士は兪存博士のことを知っている。しかも、兪存博士の祖父が書いた小説「八岐の園」を知っており、その話を聞くことになる。以下は、そのアルバート博士による「八岐の園」説明である。

「ほとんど即座に、わたしは理解しました。『八岐の園』とは、あの混沌とした小説だったのです。さまざまな未来――すべての未来にあらず――ということばは、空間ではなくて、時間のなかの分岐のイメージを示唆しました。作品ぜんたいを読みなおすことによって、この理論はたしかめられたのです。あらゆるフィクションでは、人間がさまざまな可能性に直面した場合、そのひとつをとり、他を捨てます。およそ解きほぐしようのない崔奔のフィクションでは、彼は――同時に――すべてをとる。それによって彼は、さまざまな未来を、さまざまな時間を創造する。そして、これらの時間がまた増殖し、分岐する。ここから例の小説の矛盾は生まれているのです。たとえば、憑という男が秘密を持っているとします。見知らぬ男がドアをたたき、憑は彼を殺す肚を決めます。当然、さまざまな結末が考えられます。憑が侵入者を殺すかもしれないし、侵入者が憑を殺すかもしれない。二人とも助かるかもしれないし、二人とも死ぬかもしれない、というわけです。崔奔の作品では、あらゆる結末が生じます。それぞれが他の分岐のための起点になるのです。あるときは、この迷路の小径は一個所に集中します。たとえば、あなたはこの家にやって来るが、さまざまな可能な過去のひとつでは、あなたはわたしの敵であり、べつのひとつでは、わたしの友である。」

（「八岐の園」『伝奇集』岩波文庫、一九九三年）

「人間がさまざまな可能性に直面した場合、そのひとつをとり、他を捨てます。」とは、まさしく理論編で説明した物語の展開の仕方である。ところが崔奔の小説ではそのすべてが取られ、あらゆる可能な結末が描かれるのだという。さらにアルバート博士は、「あなたはこの家にやって来るが、さまざまな可能な過去のひとつでは、あなたはわたしの敵であり、べつのひとつでは、わたしの友である。」と続けており、今あるこの小説内の現実があらゆる可能な世界の一つでしかないことを示唆する。別の世界において、別の物語が展開しているのかもしれないのである。

別の世界が同時に存在するかもしれないという考え方は、時間ループ物が当然になっている現在ではごく当たり前かもしれないが、発表当時の一九四一年としては珍しいモノだろう。

ボルヘスは現実と夢、幻想、物語などの境界があいまいになる短編を書いているが、このような通常の物語展開ではない新たな形式をラテンアメリカ文学は様々に開拓していくことになったのである。

アレナス『めくるめく世界』

もう一つ、ラテンアメリカ文学からキューバの作家、レイナルド・アレナスの『めくるめく世界』を見る。

1　メキシコ

私たちは、ゾウゲヤシの畑から戻ってくる。いや、私たちは、ゾウゲヤシの畑から戻ってはこない。私と二人のホセファがゾウゲヤシの畑から戻ってくる。いや、私ひとりがゾウゲヤシの畑から戻ってくるが、そのころにはもう、日が翳りだす。この土地では、夜が明けないうちに、早ばやと日が暮れる。モンテレイはどこにいても、そうなのだ。朝起きて外を覗くと、もう暗くなり始めている。だからいっそ、起きないほうがいいのだ。

だが今、私はゾウゲヤシの畑から戻ってくるところで、時刻はすでに昼だ。かんかん照りの太陽がそこらの石ころをひび入らせる。きれいにひびが入ったところで、私はその石ころを拾い、瓜ふたつの妹たちを狙って投げる。いもうと、たちを。いもと、たちを。いも、たちを……。

いったい何を言っているんだ、と思うだろう。一文目「私たちは、ゾウゲヤシの畑から戻ってくる。」は、ゾウゲヤシという単語がエキゾチックではあるが、普通の文だ。ところが次の文では「いや、私たちは、ゾウゲヤシの畑から戻ってはこない。」と、早速最初の文が否定される。続く文では「私と二人のホセファがゾウゲヤシの畑から戻ってくる。」と肯定に戻るが、やはりすぐに否定され、「私ひとりがゾウゲヤシの畑から戻ってくるが」と続く。そして「そのころにはもう、日が翳りだす。この土地では、夜が明けないうちに、早ばやと日が暮れる。」と語られる。語ったことをすぐさま否定するリズムを繰り返した上で、「だからいっそ、起きないほうがいいのだ。」と究極のネガティヴ発言で最初の段落を閉じている。ところがその真っ暗闇も否定されて、次の段落では「時刻はすでに昼だ。」と語られている。

これだけにとどまらない。この文は「1　メキシコ」となっている。通常、1の後に来る章は2であるが、『めくるめく世界』では「1」が合計三回も出てくる。「事実があったままに」「事実はこうではなかったのか」「事実がむしろこうであったら」の三種類が織り交ぜられているというのである。レイナルド・アレナスの小説では、死んだはずの人物が次のページでは平気で出てくるし、同じシーンが執拗に何度も描かれることも稀ではない。直線的に進んでいく物語展開とはまるで違う。

また、アレナスの優れたところは、ネガティヴな心を爆発させる強烈で過剰な否定表現にある。引用個所でも、言説が登場するや否や、すぐに否定されるリズムが続いた挙句、「朝起きて外を覗くと、もう暗くなり始めている。だからいっそ、起きないほうがいいのだ。」と、極度のネガティヴ表現で閉じられている。次の段落では第一段落で否定された太陽が出てくるが、その太陽すらも暴力的でネガティヴなものとして描かれている。その精神状態の発露が特殊な物語形式と融合しているのである。

アレナスは一九四三年、キューバの田舎生まれだが、五八年の革命後、共産主義体制下の教育を受けた。六五年にデビュー作となる『夜明け前のセレスティーノ』を発表、注目を浴びるものの、同性愛を示唆するその作風は共産主義体制と合致していなかったため、迫害を受けることになる。性的にも政治的にもマイノリティーとなったアレナスの代表作は五つの苦しみシリーズ（ペンタゴニア）である。邦訳としては第一作の『夜明け前のセレスティーノ』と五作の『襲撃』がある。個人的には第二作の『真っ白いスカンクどもの館』が好きだ（英語訳ならある）。その絶望的な自伝『夜になるまえに』も驚きの連続である。どれも個人的なうらみや怨念をほとばしるパワーで物語化している。

このほか、実験的な小説としてはアルゼンチンの作家コルタサルの『石蹴り遊び』が挙げられる。

『石蹴り遊び』は合計一五一の章からなる小説で、通常の読書のように冒頭から最後まで読んでいくことが可能である。ところが、この本はもう一つの読み方が可能になっている。作者の「指定表」なるものがつけられており、この指定表では七三章から始まり、次に一章、その次に二章、その次に一一八章を読めとされている。同様に指定通りに読んでいくと、同じ文章でありながらもう一つの読み方ができる構造になっている。

また、フランスでも五〇年代後半からヌーヴォー・ロマンと呼ばれる、実験的な小説群が登場した。ロブ＝グリエ、クロード・シモンなどが中でも有名である。これに先立つサミュエル・ベケットの『ワット』『モロイ』『マロウンは死ぬ』『名づけえぬもの』なども小説とは何かを考えるのにうってつけの材料となっている。レーモン・クノーの『文体練習』は同じ内容を何度も異なる文体で書いたもので、小説の書き方を学ぶにあたっては参考になるだろう。

第十一章　「物語」のこれから

物語の諸形式

　ここまで、物語論の見方から物語の諸相を分析してきた。締めくくりとして本章では、さらにいくつかの問題について考えてみる。

　本書で取り上げた物語は、物語とはいえ、小説や映画、漫画など、典型的なものを中心としてきた。文学的な小説は読まなくても、エンターテインメント小説は読むという人もいるだろうし、小説は一切読まなくても漫画なら見るという人もいるだろう。小説も映画も漫画も見ない人も少なくないかもしれない。

　しかし、一切ニュースを見ない人は少ないだろう。何らかの事件があって、それが新聞記事やネットニュース、テレビ映像として報告されるならば、それはもう物語の形式を取っている。客観的に事実のみを伝えるのは不可能であり、必ず何らかの視点から語られるし、因果関係によって出来事が結び付けられる。マスコミはそもそも先に物語を作って、それにふさわしい素材を探してくることも少なくはない。

　週刊誌の不倫報道も、それが実在の人物の本当の（と考えられる）出来事を記録しているという意味で、物語である。それは、実際の事件に取材した小説や漫画などと地続きであり、また実際の事件に取材した小説や漫画は、まったくのフィクションと地続きである。報道には報道の文法があるが、その書き方で「ありえそうもない」話を書いたガルシア＝マルケスのような作家もいる。よりフィクション性の強い作品になると、エンターテインメントでは物語の約束事、図式に則るようになる。小説や漫画など以外の物語の特性も、物語論の射程に入るだろう。

もちろん、日常の会話でも、物語はふんだんに行われている。人のうわさばなしなど、恋の話などは、みな時間的な展開のある出来事を編集したものだし、特定の視点から描かれる。日常の会話と小説や漫画では、文字通りの意味で文法も異なるので、普段の会話の物語論が小説などとどう違うのかという観点の研究もありうるだろう。

最近では、ツイッターの普及で個人が大量に小さな物語を発信するようになった。手前みそになるが、私が投稿したものを一つ挙げておく。

連続もののＤＶＤを見始める。一巻をみおえ二巻を投入。すると、１話目と全く同じ始まり方。早くもフラッシュバックか？　それとも最近よくある時間ループものだろうか？

・・・一巻と一巻を借りてきてしまった。

このような「小話」も、物語と言えば物語である。インターネット上には、もっと面白いものが毎日大量に投稿され、消費されている。おもしろい小話のようなツイートは「ネタツイ」とも呼ばれている。

ロシアのアネクドート

「ネタツイ」で思い出したのが、ロシアのアネクドート（小話）という物語のジャンルである。アネクドートは、短ければ数行しかないが、皮肉がきいておもしろいものが多い。二つ見てみよう。


大きなデパートのエレベーター係が忍耐強く買い物客の質問に日がな答えておりました。うんざりするような日も終わる頃一人のご婦人が尋ねました。

「もしモーターが壊れたら、私たち下に落ちるのですの？　それとも反対に上に上がるのかしら？」

「奥様」とエレベーター係は答えて、「それは奥様がどのくらい敬虔な暮らしを送ったかどうかによることになります」


ある奥さんが鉄道からほど近いところに家を建ててくれた会社の取締役に電話をしました。

「これは耐えられないわ。汽車が通るとそれこそベッドから文字通りほうり出されるのよ」

「分かりました」と取締役は答えて、「今すぐお伺いして、全てどういうことか調べます」

「ここに寝てみてください。そうすればお分かりになりますよ」と家に来た取締役をベッドに寝かせて言いました。

「すぐに汽車が通り過ぎますから」

ベッドに横になるやいなや、思いがけなく夫がやってきました。
「家内のベッドで何をしているのですか?」
「信じて頂けないでしょうが、汽車を待っているんです」

（『アネクドートに学ぶ実践ロシア語文法』）

一つ目のアネクドートは、要するにエレベーターが壊れたら死ぬということだが、皮肉がきいている。ロシアのことだから、機械が壊れることは日常的なことだったろうし、天国にいくか地獄にいくか、というオチのつけ方もいい。共産主義国家は「宗教はアヘン」と言っていたのにもかかわらず、キリスト教の信仰心が篤いロシアならではでもある。二つ目のアネクドートも解説するまでもなくおもしろい。

少々脱線するが、ユーモアの表し方も国ごとに異なる。日本国内でも関西の笑いと関東の笑いでは傾向が異なるように思う（それを理論化するのは物語論のアプローチである）。セルビアの映画監督エミール・クストリッツァのユーモアは、過剰な身体の動かし方によって表されているが、この地域ではこのような身体性は特別珍しいものではないらしい（とりわけユーモラスなのは『黒猫・白猫』。代表作『アンダーグラウンド』にもユーモアは少なくない）。ラテンアメリカも、過剰なデタラメ度合いのユーモアが多い。

一方でロシアのユーモアは社会や政治などへの風刺、皮肉が多い。アネクドートはその代表である。二〇一四年のロシア映画『裁かれるは善人のみ』は、ロシア的な陰のユーモアがふんだんに盛り込まれた作品である。物語は、悪徳市長がある小市民の土地を取り上げ、何かを建設しようとする。小市民側は、なんとか抵抗を試みようとする。ハリウッドなら正義の味方が現れ、すんでのところで救われる話になるだろう。悪徳市長は当然やりこめられるはずだ。ところが、この作品ではそうはならない。どうしようもない悲惨な話である。にもかかわらず、笑える。

いくつか例を挙げるとすれば、序盤で悪徳市長はぐでんぐでんに酔っぱらって「生意気な」小市民の家に直接乗り込み、脅しをかけに行く。脅される側もぐでんぐでんに酔っぱらっている。恐ろしい構図である。また、友達の誕生日にピクニックに行くシーンでは、余興に銃の乱射を行う。その的になるのは、ロシアの歴代指導者の写真である。しかし、プーチンだけは除外される。その理由は「まだ歴史的総括が行われていない」からだという。裁判のシーンでは、いかにもやる気のない裁判官がセリフを超高速で棒読みするし、ラストには文字通り神も仏もない衝撃的な皮肉が待っている。ロシアのユーモアを堪能するのにお勧めの作品である。

アネクドートは誰か有名な作家が作るものというより、民衆に根差した物語形式である点も、ツイッターに似ている。人間は物語なしには生きていけないものらしい。

ツイッターはさらに、他の人のツイートを受けてそこに続けることもできるし、主題を借りて新しい物語を別の人が作ることもできる。このような形式はかつても連歌のような遊びとしてあったが、現在、新たな遊びのジャンルとして急展開中である。

「長さ」に決定される構造

ツイッターは一つの投稿につき、一四〇文字の字数制限がある。つまり、長さがあらかじめ決定されている。ツイッター上の物語制作者たちは、その文字数制限に見合った形式を作り出している。ところで興味深いことに、ロシア語には「小説」に直接あたる言葉がない。短編小説、中編小説、長編小説でそれぞれ単語が異なるのである。なるほど考えてみれば、短編小説ならば短編小説の枠があるなかで私たちは物語を構築するし、長編なら長編の構築の仕方があり、同じではない。その意味で、ロシア語が「小説」と一括せず、三つに分割するのは示唆的である。

同様に、日本のドラマならばだいたい四十五分一話で、概ね十二話が標準の長さだ。また、放送は週に一回なので、一話ごとに一つの話が完結するようになっている。途中から見ても、見られるようにしているのである。一方、アメリカのテレビドラマや中国のドラマは、必ずしもそういうつくりではなく、クライマックスシーンや、新たな謎の発生の場面で終わる場合が多い。先が見たくてたまらないところであえて切ってしまうのである。また、一つのドラマのエピソード数が多いので、より複雑なプロットを組むことができる。枠が先にあって、そこに当てはめるように物語は形作られるものでもあるのだ。

「歴史」と物語

理論編で述べたように、歴史もまた物語とならざるをえない。歴史家が書いた歴史も、時間的展開のある出来事を並べたものだし、その選択には視点が入る。「歴史観」なる編集者の価値判断も入り込んでくるが、これは物語論でいうところの「語り手」に当たる。

　小説、特にエンターテインメントになると、事実に取材したものであっても、歴史家の書くものよりさらに物語化される。特にハリウッド映画などでは事実に基づいたとされながらも、ハリウッド的物語展開に回収してしまう。

　映画『ブラックホーク・ダウン』は「一九九三年のソマリア紛争の真実を描いた戦争アクション大作」とキャッチコピーがつけられたハリウッド映画である。この映画だけでなく、「真実」と銘打たれた映画は少なくないが、あくまでも観客動員のためのキャッチコピーに過ぎない。本作品は、一九九三年のソマリア紛争の際、国連軍（主にアメリカ軍）が、最大勢力のアイディード将軍の副官を捉えるために特殊部隊を派遣するも、事前に作戦が露見しており、米兵を乗せたブラックホーク（ヘリコプター）が撃墜される。このパイロットを守るため、二人の兵士が空から地上に降りたほか、地上部隊が救援に訪れ、ソマリア民兵と戦う様を描いたものである。

　このあらすじそのものは事実に基づくものである。また、英雄的な人物を一人の視点から描くといった方法はとっておらず、ハリウッド映画にしてはリアリズムに近い手法を取る。しかし、それでも物語の文法に従っている。まず、前半では作戦前の米軍が描かれるが、軍規が緩んでいるさまや、「実戦を経験したことがない兵士」のシークエンスが中心となっている。これは、後に作戦が失敗して大きな損失を受ける展開へとつなげるためにそう作り上げられているのである。

　そして、本作品の大半を占めるのが戦闘シーンである。戦闘シーンは徹頭徹尾米軍の視点から描かれる。米軍の払った犠牲が中心とされているため、戦闘シーンの大部分はアメリカ軍が苦戦を強いられているところであり、アメリカ人兵士が殺される場面である。事実としてはアメリカ兵の犠牲者は一八人、ソマリア人の死者は一〇〇〇人とされているので、客観的に見ればソマリア人が殺されるほうが圧倒的に多いのにもかかわらず、映画のシーンだけを見ている限り、アメリカ軍側が大量に殺されている印象を受ける。

また、戦闘シーンの合間にアメリカ軍兵士が建物の中で避難している母親と子供たちに遭遇するシーンがある。このシーンの最後でアメリカ兵はこの親子に手を振って別れる。この一シーンにおいて「アメリカ＝正義」の演出を行っているほか、ラストシーン近くではソマリア人がアメリカ人を歓迎するシーンも描かれている。内戦状態であるから、アメリカ軍の行動で利益を得る人もいるし、そうでない人もいるが、このように描くことによってやはりアメリカの正義が担保される。バランスを取るためか、ソマリア民兵側の語りも一分ほどは挿入されているが、不均衡なのは間違いない。本作品は「アメリカ＝正義」とされている点が批判されることがあるが、どの視点を採用するにしても、物語化する以上は、事実そのものでなくなるのは必然で、ハリウッド映画にしてはましなほうだ。

さらに中心となるのは撃墜されたパイロットの救出、およびその救援に向かった二人の兵士の救出にある。このため、戦闘シーンの合間のシークエンスは「仲間」が強調されるシーンばかりである。最後には、ある兵士が何のために戦うのかと言う問いに対して「仲間のために戦うのだ」と述べる。仲間のために戦うというのは一種のひな型であり、よく見られる物語の類型であるが、本作品ではこのテーマに沿って作り上げられているのである。物語のひな型が感じられてしまう点で、エンターテインメント映画としてはいいだろうが、リアリズムは失われる。

霧社事件を描いた『セデック・バレ』

台湾映画『セデック・バレ』も、日本統治時代の台湾で実際にあった事件に基づいた作品である。この映画が基づいているのは、一九三〇年に起こった霧社事件である。台湾の山間部にはもともと、敵対部族の首を刈る習慣を持つ原住民たちが暮らしていたが、日清戦争後、台湾が日本に編入されると、原住民たちも日本の統治下におかれることになった（漢人が移住する以前から住む台湾の住民を「原住民」と呼ぶ）。征服された原住民は日本の支配下で近代化していくものの、日本人には野蛮人として差別される存在とされた。一九三〇年、日本人の巡査が原住民の若者を殴打した事件がきっかけとなり、セデック族マヘボ社頭目のモーナ・ルダオが中心となって起こした反乱が霧社事件で、一三〇人以上の日本人が殺された。

本作品の前半では、若き日のモーナ・ルダオの首狩りのシーンから始まり、日本が至るまでの生活が描かれている。ここでモーナ・ルダオは英雄として描かれるほか、その原住民の歌や踊りなどが魅力的に表される。そこに近代的軍事力を持った日本軍がやってくる。事実としては原住民側は制圧されてしまうのだが、映画の表象としては原住民側の勇敢な戦いのほうが描かれており、なぜ負けたのかわからないほどである。

そこから、しばらく月日が流れる。老人となった頭目モーナ・ルダオは日本軍に屈服しているが、復讐心を失ってはいない。また、眼光が非常に鋭く、力を持った頭目として描かれている。実在の人物であるモーナ・ルダオの写真も残っているが、それよりもはるかに恰好がいい。物語の文法としては、もはや実在の彼がいかなる人物であったかはもはや問題ではなく、どのように作り出されているのかが問題である。

モーナ・ルダオら、セデック族の視点から描かれるため、日本人は悪役として表象されているが、この映画のポイントは復讐ではない。失われていく伝統的な生活と、それに対する悲しみが中心になっている。事件を物語化するにあたり、作り手は失われていくものに対する情をその中心として描いているのである。商業映画でもあるため、対立の構図は図式的だし、戦闘シーンはスペクタクルを重視しているので、ハリウッド的ではあるが、モーナ・ルダオが歌うシーンなどは魂が震えるし、日本人襲撃後、首のない死体が転がる中にたたずむモーナ・ルダオの姿からも、情が深く感じられる作品になっている。

付言しておけば、この映画を撮った魏徳聖監督はデビュー作『海角七号 君想う、国境の南』で商業的にも大成功を収めた。こちらもストーリーはよくあるものだが、失われたものに対する情の描き方がうまい。

歴史物語とイデオロギー

物語の出来、不出来にかかわらず、イデオロギーからの批判がでることがある。特に実際の歴史に取材した小説、映画、漫画などではこの傾向が顕著である。先に紹介した『ブラックホーク・ダウン』も、「アメリカ＝正義」との演出の仕方や、アイディード将軍を一方的な悪として描くこと、民衆がアメリカを支持したとして表すことなどは、イデオロギー的に批判の対象になる可能性がある。

もし、架空の国の架空の話だとしたら、単純な見方の英雄物語であるとの批判は出るだろうが、作り手の立場として批判を受けることはないだろう。

『セデック・バレ』についても、反日的か反日的ではないかという議論が出る。物語の内部をみれば、日本側が悪く描かれているのは疑いようがない。しかし、中国や韓国の映画で、わずかでも日本軍を悪く書いてあれば「反日的」と糾弾されるのに比べると、批判は少ないようだ。これは、台湾が親日的であるという前提から判断している部分も大きい。読み手も、そのイデオロギーやそれまでの前提で物語を読むのである。

『この世界の片隅に』は、軍港であった呉が舞台となっている。作中人物は、軍港に泊まっている船を「かっこいいもの」として考えているし、戦争に協力的である。これは当時の人たちの通常の考え方や生活を表したものであって、リアリティーがあるため、戦争に肯定的とは私には読めない。しかし、かなりバイアスのかかった見方をする人は、加害者としての立場を無視しているとか、反戦プロパガンダが明確でない点から、戦争に肯定的と考えるようである。

反戦プロパガンダでないことを糾弾する立場は、発信者が物語を通じて何らかのメッセージを送る意図があることを前提としている。作品内部の人物が戦争を肯定していると、一つ上のレベルである作り手の意図もそうであると考えるのである。

『永遠の0《ゼロ》』や『男たちの大和／YAMATO』などは、構造としてはよくあるメロドラマで、ハリウッドにも類似するものが数多くあるが、愛するもののために戦うことを善とすることによって、国家のために戦うことを肯定しているようにも読める。当時の日本の立場を肯定し、兵士を顕彰する意図が感じられるように作品内部もできているし、そのようなメッセージを受け取る読者も多いはずである。『永遠の0』については作品単体だけでなく、作者である百田尚樹の思想や別のテクストがそのような読みに導いている面もある。

物語には明らかに読み手の考え方に作用する力がある。意図的に作られたものであるが、それを真実であると信じて疑わなくなる人も少なくない。中国共産党などが物語を政治に従属させ、宣伝の道具と位置付けたのも、物語のこの力のためである。物語論で物語がどのように作られているかを知るならば、短絡的にメッセージを受け取ることも少なくできるだろう。

物語論では、作者の意図が無視されているとよく言われる。しかしこれは誤解である。構造主義時代の物語論でも、無視されたのは「完全に作品を決定できる存在」としての作者である。作者の意図なるものを解読し、作り出すのは読者の側だと考えたのであって、まったく無視したわけではない。例えば、『シン・ゴジラ』は読みようによっては憲法九条改正を訴えている物語ともとれる。しかし、それを作者が実際に意図しているかは不明である。意図があるかもしれないし、ないかもしれない。読み手の側にも、そのメッセージを受け取る人と受け取らない人がいる。

構造主義以降の物語論では、作者が持っているであろう前提としてのイデオロギーも、分析の対象にされる。こういう面も、物語として無視できない問題ではある。しかし、作品世界は作品世界としてあるのであって、物語が社会的構築物であることのみに注目してしまうと、それもまたつまらないように私には思える。政治的イデオロギー以外の面で、『シン・ゴジラ』や『この世界の片隅に』は明らかにおもしろい物語だが、それぞれそのおもしろさはことなる。作品内部の構成を考えるのに、本書で提示したような見方は、一つの分析方法として有効だろう。

最後に、歴史的素材を物語化することに対する皮肉を盛り込んだ作品として、エミール・クストリッツァ監督の映画『アンダーグラウンド』を挙げておこう。

『アンダーグラウンド』は旧ユーゴスラビアが舞台となる。主人公のクロとマルコは、共産党レジスタンスとして活動するが、実際にやっていることは強盗とかわりがない。大戦後、マルコはユーゴスラビア政府の重鎮となっていくが、クロらを地下世界に閉じ込め、まだナチスドイツとの戦争が続いていると思い込ませる。地下世界で武器を作らせ、上の世界でマルコは大儲けする。

クロは地上世界では、第二次世界大戦で戦死した英雄となっており、銅像が作られるが、これが本人に似ていない。また、クロとマルコの記録映画が撮られるが、これが非常にうそくさい。実際に起こったこととまるで違うことが事実の歴史とされているのである。記録映画の監督は「もっとリアルに」と叫び続けるが、どうみてもリアルではない演出になっている。これは、共産主義国家が虚偽の物語を語っていたことの批判でもあるし、ハリウッド的な英雄物語を茶化したものともとれる。

現実世界と物語世界

ここまで明らかにしてきたように、私たちは物語にかこまれて生きている。では、現実世界と物語世界はいかなる関係にあるのか、最後に考えてみよう。

歴史や、ドキュメンタリー、ニュースなどが物語だとするなら、これは明らかに現実とつながっている。しかし、それはすでに語られている以上は、もう現実そのものではない。

逆にファンタジーなどは、ありえないことが起こるから、さらに現実世界と離れているように思われる。しかし、それでも、人間が想像しうるものしか書くことはできない。想像しうるものでなければ読者のほうも理解不能である。とすれば、依然として現実世界が投影されているのである。

思うに物語というのは、人間の観念による構築物である。現実は物語的に把握され、物語は把握された現実のように表象される。換言すれば、それは現実認識を抽象化し、普遍化したものである。現実は私たちの感情に作用するが、物語も読み手の感情に作用する。それも、抽象化され、普遍化されている分、時には現実以上の作用をおよぼすのである。

物語はこれからもずっと、人間にとって身近な存在であり続けるだろう。

おわりに——人間だけが物語る

以上、本書では主にフランス構造主義の物語論を中心に紹介し、さらに具体的な作品の分析を行った。本書の内容で、概ね物語の構成が理解できるのではないだろうか。

人間の言語は、出来事を抽象化し、目の前にないものを報告することができる。さらには出来事と出来事を結びつけることができる。また、現実には起こっていないことや想像までも伝えることが可能である。こうした点が、他の動物のコミュニケーションとは大きく異なる点である。

また、私たちの現実認識の多くが、物語の仕方で把握されている。私たちが知っている出来事の多くは、自分で経験したものではない。今日、隣の町で起こった事件のニュース記事も、五十年前の出来事を書いた歴史書も、友達が書いた完全なるフィクションの小説も言語でもって出来事と出来事を連鎖させ、ある視点から報告したものであり、それが本当に起こったことなのかどうかは完全に知ることはできない。物語化から外れてしまった出来事は、どうやっても知ることはできないのである。

それに、私たちはつねに物語を求めている。箱根駅伝の実況中継など、物語にあふれている。単純に走っている姿を映し出しているだけではきっとまったくおもしろくないだろう。レースの展開、苦悶の表情になった理由、かけひき、ここまでの軌跡、様々なことが報告されてようやくおもしろくなる。

野球に詳しい人ならば、実況中継をオフにしても、試合を物語化してみられる。「この打者は二球目の落ちる変化球を空振りしたから、そこに投げればまた空振りするだろうと思って投げたら、真ん中にきてホームランを打たれた」というとらえ方は、もう物語的である。もっと単純に、「さっきの回に二点取られたが、この回に三点取って逆転した」でもいい。物語的に把握しているから、野球の試合を見ていておもしろい。

物語とは人間言語に特徴的かつ本質的なものなのである。

しかし、言語学における物語言語の分析は、まだ十分に行われていない。文学の研究は、言語学をふまえていないものがほとんどだ。両者の融合する所に、さらなる問題はまだまだ隠れていそうである。

引用文献

アゴタ・クリストフ『悪童日記』堀茂樹訳、ハヤカワepi文庫、二〇〇一年
レイナルド・アレナス『めくるめく世界』鼓直・杉山晃訳、国書刊行会、一九八九年
芥川龍之介『南京の基督』芥川龍之介全集第六巻、岩波書店、一九九六年
芥川龍之介『藪の中』青空文庫
安部公房『砂の女』新潮文庫、一九八一年（Translated by E. Dale Saunders, *The Woman in the Dunes*, C.E. Tuttle, 1967.）
アブラハム・B・イェホシュア『エルサレムの秋』母袋夏生訳、河出書房新社、二〇〇六年
泉鏡花『高野聖』青空文庫
ジャネット・ウィンターソン『オレンジだけが果物じゃない』岸本佐知子訳、白水Uブックス、二〇一一年
大江健三郎「死者の奢り」『死者の奢り・飼育』新潮文庫、一九八七年改版
カフカ『カフカ短篇集』池内紀編訳、岩波文庫、一九八七年
川端康成『古都』新潮文庫、一九八七年改版
川端康成『眠れる美女』新潮文庫、一九九一年改版
川上弘美『蛇を踏む』文春文庫、一九九九年
高行健『霊山』飯塚容訳、集英社、二〇〇三年
アンドレイ・クルコフ『ペンギンの憂鬱』沼野恭子訳、新潮クレスト・ブックス、二〇〇四年
さとう好明『アネクドートに学ぶ実践ロシア語文法 CD付き』東洋書店、二〇〇九年
司馬遼太郎『竜馬がゆく』一巻、文春文庫、一九九八年

スタンダール『赤と黒』野崎歓訳、光文社古典新訳文庫、二〇〇七年
廉思編『蟻族』関根謙監訳、勉誠出版、二〇一〇年
高野秀行『ワセダ三畳青春記』集英社文庫、二〇〇三年
太宰治『ヴィヨンの妻』新潮文庫、一九五〇年
太宰治「思い出」『晩年』角川文庫、二〇〇九年改版
田山花袋「定本 花袋全集」第一巻、臨川書店、一九九三年
コナン・ドイル『緋色の研究』阿部知二訳、創元推理文庫、一九六〇年
ドストエフスキー『罪と罰』上、江川卓訳、岩波文庫、一九九九年
V・S・ナイポール『ミゲル・ストリート』小沢自然・小野正嗣訳、岩波書店、二〇〇五年
長岡マキ子『絶対にラブコメしてはいけない学園生活24時』講談社ラノベ文庫、二〇一六年
夏目漱石『こころ』集英社文庫、一九九一年
莫言『赤い高粱』岩波現代文庫、井口晃訳、二〇一二年
二葉亭四迷「新編浮雲」『二葉亭四迷全集』第一巻、筑摩書房、一九八四年
二葉亭四迷『二葉亭四迷全集』第二巻、筑摩書房、一九八五年
東野圭吾『ガリレオの苦悩』文春文庫、二〇一一年
フォークナー『響きと怒り』(上)平石貴樹・新納卓也訳、岩波文庫、二〇〇七年
アーネスト・ヘミングウェイ「殺し屋」『われらの時代・男だけの世界 ヘミングウェイ全短編1』高見浩訳、新潮文庫、一九九五年
J・L・ボルヘス「八岐の園」『伝奇集』鼓直訳、岩波文庫、一九九三年
万城目学『プリンセス・トヨトミ』文春文庫、二〇一一年
G・ガルシア＝マルケス、『百年の孤独』鼓直訳、新潮社、一九九九年

村上春樹『1Q84』BOOK1前編、新潮文庫、二〇一二年（Translated by Jay Rubin, *1Q84*, Alfred A. Knopf, 2011.）
村上春樹『1Q84』BOOK2前編、新潮文庫、二〇一二年
森鷗外「舞姫」『森鷗外全集』第一巻、岩波書店、一九七一年
トニ・モリスン『ビラヴド』吉田廸子訳、集英社文庫、一九九八年
余華『兄弟』（上）、泉京鹿訳、文藝春秋、二〇〇八年
余華『血を売る男』飯塚容訳、河出書房新社、二〇一三年
横光利一『上海』講談社文芸文庫、一九九一年
吉田賢抗『史記　2』新釈漢文大系、明治書院、一九七三年
吉田修一『パーク・ライフ』文藝春秋、二〇〇二年
フアン・ルルフォ『ペドロ・パラモ』杉山晃・増田義郎訳、岩波文庫、一九九二年
フアン・ルルフォ『燃える平原』杉山晃訳、書肆風の薔薇、一九九〇年
Joyce, James, *Ulysses the 1922 text*, Oxford World's Classics, 2008.（ジェイムズ・ジョイス『ユリシーズ』丸谷才一・永川玲二・高松雄一訳　集英社文庫へリテージシリーズ、二〇〇三年）
Joyce, James, *A portrait of the artist as a young man*, Oxford University Press, 2008.（丸谷才一訳『若い芸術家の肖像』新潮文庫、一九九四年）
Mansfield, Katherine, 'The Garden Party' in "*The Garden Party*", Penguin Modern Classics.（マンスフィールド、安藤一郎訳「園遊会」『マンスフィールド短編集』新潮文庫、二〇〇八年）
Woolf, Virginia, *Mrs. Dalloway*, Penguin Popular Classics, 1996.（ヴァージニア・ウルフ『ダロウェイ夫人』富田彬訳、角川文庫、二〇〇三年）

主要参考文献

1．欧文文献

Bal, Mieke, *Narratologie*, Klincksieck, 1977.

Bal, Mieke, *Narratology : introduction to the theory of narrative*, University of Toronto Press, 1985.

Banfield, Ann, *Unspeakable sentences : narration and representation in the language of fiction*, Routledge & Kegan Paul, 1982.

Barthes, Roland, *Le degré zéro de l'écriture*, Éditions du Seuil, 1953.（森本和夫・林好雄訳註『エクリチュールの零度』ちくま学芸文庫、一九九九年）

Barthes, Roland, "Introduction à l'analyse structurale des récits", *Communications*. 8. pp.1-27, 1966.（花輪光訳『物語の構造分析』みすず書房、一九七九年）

Benveniste, Émile, *Problèmes de linguistique générale.1*, Gallimard, 1966.（岸本通夫監訳、河村正夫・木下光一・高塚洋太郎・花輪光・矢島猷三訳『一般言語学の諸問題』みすず書房、一九八三年）

Booth, Wayne, *The rhetoric of fiction*, University of Chicago Press, 1961.（米本弘一・服部典之・渡辺克昭訳『フィクションの修辞学』書肆風の薔薇、一九九一年）

Chafe, Wallace, *Discourse, consciousness, and time : the flow and displacement of conscious experience in speaking and writing*, University of Chicago Press, 1994.

Chatman, Seymour, *Story and discourse narrative structure in fiction and film*, Cornell University Press, 1978.

Chatman, Seymour, *Coming to terms : the rhetoric of narrative in fiction and film*, Cornell University Press, 1990.（田中秀人訳『小説と映画の修辞学』水声社、一九九八年）

Genette, Gérard, *Figures III*, Éditions du Seuil, 1972.（花輪光・和泉涼一訳『物語のディスクール―方法論の試み』書

肆風の薔薇、一九八五年、天野利彦・矢橋透訳『フィギュールⅢ』白馬書房、一九八七年）
Genette, Gérard, *Nouveau discours du récit*, Éditions du Seuil, 1983.（和泉涼一・神郡悦子訳『物語の詩学─続・物語のディスクール』書肆風の薔薇、一九八五年）
Fludernik, Monika *The fictions of language and the languages of fiction : the linguistic representation of speech and consciousness*, routledge, 1993.
Fludernik, Monika, *Towards a 'Natural' Narratology*, routledge, 1993.
Hamburger, Käte, *Die logik der dichtung*, Ernst Klett Verlag, 1957.（植和田光晴訳『文学の論理』松籟社、一九八六年）
Herman, David, *Narrative Theory : core concepts and critical debates*, Ohio State University Press, 2012.
Jakobson, Roman, *Essais de linguistique générale*, Editions de Minuit, 1963.（田村すゞ子ほか訳『一般言語学』みすず書房、一九七三年）
Leech, Geoffrey, and Short, Mick, *Style in fiction : a linguistic introduction to English fictional prose*, Longman, 1981.（石川慎一郎・瀬良晴子・廣野由美子訳『小説の文体─英米小説への言語学的アプローチ』研究社、二〇〇三年）
McHale, Brian, "Free indirect discourse", *Poetics and theory of Literature.3*, Amsterdam, pp.249-287, 1978.
O'neill, Patrick, *Fictions of discourse : reading narrative theory*, University of Toronto Press, 1994.（小野寺進・高橋了治訳『言説のフィクション─ポスト・モダンのナラトロジー』松柏社、二〇〇一年）
Prince, Gerald, *Narratology : the form and functioning of narrative*, Mouton, 1982.（遠藤健一訳『物語論の位相─物語の形式と機能』松柏社、一九九六年）
Prince, Gerald, *A dictionary of narratology*, University of Nebraska Press, 1987.（遠藤健一訳『物語論辞典』（増補版）松柏社、一九九七年）
Propp, Vladimir, *Морфология сказки*, Наука, 1969.（北岡誠司・福田美智代訳『昔話の形態学』、白馬書房、一九八七年、原著の初版は一九二八年）
Propp, Vladimir, *Фольклор и действительность*, Наука, 1976.（齋藤君子訳『魔法昔話の研究─口承文芸学とは何か』講

談社学術文庫、二〇〇九年）
Ricoeur, Paul, *Temps et récit I. L'intrigue et le récit historique*, Éditions du Seuil, 1983.（久米博訳『時間と物語I――物語と時間性の循環・歴史と物語』新曜社、一九八七年）
Ricoeur, Paul, *Temps et récit II. La configuration du temps dans le récit de fiction*, Éditions du Seuil, 1984.（久米博訳『時間と物語II――フィクション物語における時間の統合形象化』新曜社、一九八八年）
Ricoeur, Paul, *Temps et récit III. Le temps raconté*, Éditions du Seuil, 1985.（久米博訳『時間と物語III――物語られる時間』新曜社、一九九〇年）
Stanzel, Franz, *Theorie des erzählens*, Vandenhoeck und Ruprecht, 1979.（前田彰一訳『物語の構造――〈語り〉の理論とテクスト分析』岩波書店、一九八九年、ただし日本語訳版は一九八五年の第二版に基づく）
Todorov, Tzvetan, *Théorie de la littérature : textes des formalistes russes*, Éditions du Seuil, 1965.（野村英夫訳『文学の理論――ロシア・フォルマリスト論集』理想社、一九七一年）
Weinrich, Harald, *Tempus : besprochene und erzählte welt*, Kohlhammer, 1977.（脇阪豊ほか訳『時制論――文学テクストの分析』紀伊國屋書店、一九八二年）

2. 日本語文献

池上嘉彦『「する」と「なる」の言語学――言語と文化のタイポロジーへの試論』大修館書店、一九八一年
池上嘉彦「日本語の語りのテクストにおける時制の転換について」『記号学研究6』日本記号学会編、六一――七四頁、東海大学出版会、一九八六年
池上嘉彦『詩学と文化記号論――言語学からのパースペクティヴ』講談社学術文庫、一九九二年
池上嘉彦・山中桂一・唐須教光『文化記号論――ことばのコードと文化のコード』講談社学術文庫、一九九四年
池上嘉彦『「日本語論」への招待』講談社、二〇〇〇年
池上嘉彦『日本語と日本語論』ちくま学芸文庫、二〇〇七年

糸井通浩・高橋亨編『物語の方法―語りの意味論』世界思想社、一九九二年
ハラルト・ヴァインリヒ『時制論―文学テクストの分析』脇阪豊ほか共訳、紀伊國屋書店、一九八二年
ウンベルト・エーコ『開かれた作品』篠原資明・和田忠彦訳、青土社、一九八四年
ウンベルト・エーコ『物語における読者』篠原資明訳、青土社、一九九三年
工藤真由美『アスペクト・テンス体系とテクスト―現代日本語の時間の表現』ひつじ書房、一九九五年
小森陽一『構造としての語り』新曜社、一九八八年
F・シュタンツェル『物語の構造―〈語り〉の理論とテクスト分析』前田彰一訳、岩波書店、一九八九年
ピーター・ストックウェル『認知詩学入門』内田成子訳、鳳書房、二〇〇六年
砂川有里子『文法と談話の接点―日本語の談話における主題展開機能の研究』くろしお出版、二〇〇五年
西田谷洋『認知物語論とは何か?』ひつじ書房、二〇〇六年
野家啓一『物語の哲学』岩波書店、一九九六年
橋本陽介『ナラトロジー入門―プロップからジュネットまでの物語論』水声文庫、二〇一四年
橋本陽介『物語における時間と話法の比較詩学―日本語と中国語からのナラトロジー』水声社、二〇一四年
ロラン・バルト「作者の死」『物語の構造分析』花輪光訳、みすず書房、一九七九年
ケーテ・ハンブルガー『文学の論理』植和田光晴訳、松籟社、一九八六年
三浦俊彦『虚構世界の存在論』勁草書房、一九九五年
マリー＝ロール・ライアン『可能世界・人工知能・物語理論』岩松正洋訳、水声社、二〇〇六年
ジェフリー・N・リーチ＆マイケル・H・ショート『小説の文体―英米小説への言語学的アプローチ』石川慎一郎・瀬良晴子・廣野由美子訳、研究社、二〇〇三年

橋本陽介（はしもと　ようすけ）

一九八二年埼玉県生まれ。慶應義塾大学大学院文学研究科中国文学専攻博士課程単位取得。博士（文学）。専門は、中国語を中心とした文体論、テクスト言語学。現在、お茶の水女子大学基幹研究院准教授。おもな著書に『7ヵ国語をモノにした人の勉強法』『慶應志木高校ライブ授業―漢文は本当につまらないのか』（祥伝社）、『ナラトロジー入門―プロップからジュネットまでの物語論』『物語における時間と話法の比較詩学―日本語と中国語からのナラトロジー』（水声社）、『日本語の謎を解く―最新言語学Q＆A』（新潮社）など。

物《もの》語《がたり》論《ろん》 基《き》礎《そ》と応《おう》用《よう》

二〇一七年 四月一〇日 第一刷発行
二〇二四年 六月一〇日 第一〇刷発行

著者 橋《はし》本《もと》陽《よう》介《すけ》

発行者 森田浩章
発行所 株式会社講談社
東京都文京区音羽二丁目一二―二一 〒一一二―八〇〇一
電話（編集）〇三―五三九五―三五一二
（販売）〇三―五三九五―五八一七
（業務）〇三―五三九五―三六一五

KODANSHA

装幀者 奥定泰之
本文データ制作 講談社デジタル製作
本文印刷 信毎書籍印刷株式会社
カバー・表紙印刷 半七写真印刷工業株式会社
製本所 大口製本印刷株式会社

ISBN978-4-06-258650-4 Printed in Japan N.D.C.901 269p 19cm

講談社選書メチエ　刊行の辞

書物からまったく離れて生きるのはむずかしいことです。百年ばかり昔、アンドレ・ジッドは自分にむかって「すべての書物を捨てるべし」と命じながら、パリからアフリカへ旅立ちました。旅の荷は軽くなかったようです。ひそかに書物をたずさえていたからでした。ジッドのように意地を張らず、書物とともに世界を旅して、いらなくなったら捨てていけばいいのではないでしょうか。

現代は、星の数ほどにも本の書き手が見あたります。読み手と書き手がこれほど近づきあっている時代はありません。きのうの読者が、一夜あければ著者となって、あらたな読者にめぐりあう。その読者のなかから、またあらたな著者が生まれるのです。この循環の過程で読書の質も変わっていきます。人は書き手になることで熟練の読み手になるものです。

選書メチエはこのような時代にふさわしい書物の刊行をめざしています。

フランス語でメチエは、経験によって身につく技術のことをいいます。道具を駆使しておこなう仕事のことでもあります。また、生活と直接に結びついた専門的な技能を指すこともあります。

いま地球の環境はますます複雑な変化を見せ、予測困難な状況が刻々あらわれています。

そのなかで、読者それぞれの「メチエ」を活かす一助として、本選書が役立つことを願っています。

一九九四年二月　　野間佐和子